目次

優香 5
千恵美 61
征太 112
彰士 176
嘘と本当の境界線 247

優香《ゆうか》

もう暦《こよみ》の上では春で、例年なら桜が散っている時期だというのに、厚手のジャケットが必要なくらいに肌寒い日が続いていた。

桜の花は五分咲きで、満開までにはまだ時間があるようだ。

それでも三月らしく穏やかに晴れた土曜日に、鈴浦《すずうら》優香は朝からエプロンとマスクを身に着けて家中を徘徊《はいかい》している。

本当なら桜を見ながら川辺でお弁当を広げたり、桜並木の見えるカフェでゆっくり読書を楽しみたいのに、今日ばかりはそうも言っていられない。

「ねえ、これ誰が持ち込んだんだっけ？」

マスクをあごまで下げ、バスルームに置かれていた防水の置き時計と浴槽用洗剤を手に、廊下を歩きながら大声を出す。すると、階段を上る途中だったらしい佐藤征太《さとうせいた》が、階段の手すりの上からひょいと顔を覗《のぞ》かせた。

「どれ？」

エプロンを身に着け、ついでに三角巾を被った給食当番のような格好が大柄な彼には不釣り合いで、優香は見るたびに笑いそうになるのを堪えていた。

征太はその細い目をさらに細めて、優香の手の中にある時計を見る。

「うーん。とりあえず俺ではないと思うけど」

言うとまた顔を引っ込めた。階段をのっそのっそと上って行く音がする。

その音を聞きながら、優香はダイニング兼リビングへと続くドアを開けた。キッチンの方から何やら音楽とそれに合わせて鼻歌が聞こえてくる。中高生に人気の男性アイドルグループの曲だ。

「千恵美《ちえみ》？」

大きな声で呼びかけると、キッチンから明るい茶髪をポニーテールにした仙《せん》堂《どう》千恵美が「なあに？」と顔を出した。

動きやすいラフな格好の上にエプロンをしていても、そのスタイルの良さは隠し切れない。

千恵美はいかにもできる感じの美人だ。美人すぎて男性が尻込みしてしまうタイプとも言える。

性格は外見通りサバサバした姉御肌なのだが、そのイメージに反してアイドルグループに熱を上げるほどミーハーだと初めて知った時は、意外すぎて笑ってしまった。

「顔、汚れてるよ」

「仕方ないでしょ、換気扇の掃除なんて久しぶりだから。あーあ、こんなことなら普段からこまめに掃除しておくんだった」

大掃除の時に誰もが思うお約束を言いながら、千恵美が服の裾で顔をぞんざいに拭うと、頬についていた黒い跡が薄く広がった。

「で、なあに？」

「これ、誰のだっけ？」

手にした時計を顔の高さに上げて尋ねると、千恵美は征太がしたように「うーん」と唸《うな》った。

「あたしの趣味とは違うかな。他の二人のでしょ」

改めて手の中のシンプルな時計を見ると、確かに千恵美の趣味とは少しズレている。

美大に通っている彼女は、服から小物に至るまでかなりのこだわりを持っている。この家の共有スペースのほとんどをコーディネイトしたのも千恵美だ。

征太のものでも千恵美のものでもないとなると、この時計は優香かもう一人の同居人、紀藤彰士《きとうしょうじ》のものだろう。

「大きいものはともかく、こういうのっていちいち覚えてらんないよね」

持ち込んだ当初は忘れないだろうと思っていても、実際には二か月も経てば細かい共用品などは誰のものかわからなくなる。

この家に四人で暮らしはじめてから二年。いろいろなことを忘れるには十分すぎる時間だ。

「それにしても彰士、おっそいなー。どこで油売ってるんだか」

腰に手を当てた千恵美は、不機嫌そうにリビングから小さな庭へと続くガラス戸の外を見やる。

今日は朝から四人揃って大掃除をする約束だった。

それなのに昨日遅くまで飲んで帰ってきた彰士は、今朝はいつまで経っても起きてこない。

結局征太に叩き起こされ、千恵美に説教された彰士は面倒くさそうな顔をして買い出しに出たきりだ。

「もう、あいつホントに自己中！　あんなのと二年も同居できた自分を褒めてやりたいわ！」

きっちりしている上、はっきりとものを言う性格の千恵美は、穏やかな征太や内に溜め込むタイプの優香とは違い、嫌なことやムカついたことなどを遠慮なく口にする。

そのためマイペースで、ともすればわがままにも見える彰士とは一番衝突が多かった。

「ただいまー」

玄関から気怠《けだる》げな声が聞こえてくる。噂の彰士のご帰還だ。

「おっそーい！　ガムテープと飲み物買うのにどこまで行ってたのよ？」

すかさず大声を出した千恵美は、どしどしと足音を立てて玄関へと歩いて行く。優香も時計を片手に千恵美の後に続いた。

「たまたま薩川《さつかわ》と会ったんだよ。あいつ、まだ就職決まんねーって。可哀想じゃん？　だからちょっと話聞いてやってたんだよ」

廊下に出て玄関の方を見ると、彰士は悪びれた様子も見せずに玄関に座ってゆっくりと靴ひもを解いていた。

背中を向けていた彼がこちらにその顔を向けた時、就職が決まってからまた茶色に染め直した彼の髪からヒラリと桜の花びらが数枚落ちた。

切れ長の目に通った鼻筋、品のいい唇は普段は口角が下がっていることが多いが、今は機嫌良さそうに笑顔だ。

女性の誰もがイケメンと認める彰士は、自分の整った顔について自覚があるのかないのか、普段はあまり愛想がない。

「薩川って市ノ瀬《いちのせ》ゼミにいた？　それヤバいんじゃないの？」

「うん。でも留年するにしても学費払う金もないから、卒業するしかなかったらしくてさ」

「就職浪人かー。きついね」

彰士の話に乗せられ千恵美は怒りを忘れたようだ。二人で雑談をはじめる。話題に入っていけない優香は、少し離れたところで居心地悪く二人を見つめた。

だが話がしばらく終わりそうにないので、諦めてバスルームへ戻ることにする。まだバスルームの壁にこびり付いた水垢と戦わなければならない。

二年続いたこのシェアハウス生活も、優香、彰士、征太の大学卒業と就職をきっかけに幕を閉じることになった。

千恵美は優香たちと同じ年だが、四年に上がる時に美大の三年次に編入したため学生生活があと一年残っている。

今日はこの家を完全に引き払う前の最後の大掃除だ。これが終われば明日には彰士と征太はそれぞれの会社の寮へ、千恵美は美大近くに住む友人のアパートへ引越し、優香は実家へ戻ることになっている。

征太は週明けから会社の研修がはじまると言っていた。この一週間せっせと荷物を自分で運んでいたようで、あとは身一つで引越し完了だ。

優香はもう自分の荷物をまとめ終わっており、今日の午後に引越し業者が来てすべて実家まで運んでくれる算段だ。

千恵美はもうすでに引越しを完了し、この一週間は掃除のためこの家と友人のアパートを行き来する生活をしていた。

彰士は明日の午前中、すべての荷物を引き払う。今日は四人ともこの家に泊まる予定だが、明日にはばらばらになってしまう。

皆、黙々と引越しの準備をしているが、やはり二年も暮らしたこの家にはそれなりの愛着が湧いている。

特に優香はこの生活を気に入っていたので、卒業、就職という転機で四人がばらばらになってしまうのが寂しくてたまらない。そしてやっと出られたと思っていた実家に戻るのも憂鬱《ゆううつ》だった。

同居をはじめた頃はどうなるかと思ったが、幸い四人の生活リズムと性格が上手く合致したため、この同居生活の間は互いの関係が大きく崩れることもなかった。

今でもこの三人と暮らしはじめたのは本当に不思議な縁だと、優香は思う。

特に彰士と同じ家に住むことになるなど、大学のサークル説明会で彼の姿を見た時の優香は思いもしなかった。

　ふうと短くため息をついて、湿っぽい気分のまま湿っぽいバスルームを見渡す。

　それから勢いよく息を吸い込むと腕まくりをしてゴム手袋を着け、穿いているズボンもひざまでまくり上げた。マスクをぴったりと鼻の上までカバーして、征太が買って来てくれた掃除用の保護メガネを装着する。

　一度も染めたことのない自慢の真っ黒なショートボブの髪は、くくれるほど長くないが前髪が邪魔なのでヘアバンドで上げる。

　完全装備でたわしを手に、ごしごしと力一杯バスルームの壁をこすっていると、千恵美との会話を終えたらしい彰士が顔を覗《のぞ》かせた。

「優香、さっき……お前すげえ格好だな」

　優香の格好を見て口を歪ませた彰士は、優香が振り返って顔の横でたわしを構えて睨みつけると堪らず噴き出した。

「写真撮っていい？　これ待ち受けにしてえ」

　言いながら笑い転げる彰士は、普段は愛想がないのに意外に笑いの沸点が低い。

端整な顔を思い切りくしゃくしゃにして笑う彼を見て優香も微笑んだが、さすがに恥ずかしくなりたわしを置いてヘアバンドを外した。

「それで、何?」

マスクのせいで声がくぐもる。息を切らせながらようやく身を起こした彰士が、目尻に溜まった涙を拭って優香を見た。

「いや、さっき何か用あったのかなあって。玄関のとこで何か言いたそうに立ってたから」

言われて「ああ」と思い出す。

自由気ままな彰士だが、実は人のことをよく見ている。こちらが意識していないような些細なことを指摘されて驚かされることが、この二年でよくあった。

「これ彰士のだっけ?」

優香は洗面台の上にとりあえず置いていた時計を持ち上げた。彰士は時計をしばらく見つめて首を傾げている。

「覚えてねえなあ。誰もいらないんだったら俺が持ってくけど」

「じゃあ持ってて」

時計を差し出すと、彰士は「おう」とそれを受け取った。受け渡す時に少し触れ合った指先を妙に意識してしまう。彰士はそんなこと何とも思っていないようにすぐ優香に背を向けた。

時計を手にバスルームを離れようとした彰士が、思い出したように振り返る。

「俺ってどこ掃除すればいいの？」

「あ、じゃあリビングのガラス戸拭きお願い。内側も外側も網戸も全部綺麗にしてね」

言うと「おっけー」と軽い返事が返ってきた。

「お昼にしようよー！」

汗だくになりながらピカピカになったバスルームを満足げに見ていると、ちょうどリビングの方から千恵美の明るい声が聞こえてきた。

「はーい」

マスクを取って大声で返すと狭いバスルームに声が反響する。

ヘアバンドとゴム手袋、メガネを外し、まくり上げていたズボンの裾を下げ、洗面所で手を洗いながら鏡に映った自分の顔を見る。

ヘアバンドのせいで前髪に変なくせがついている。いつもは隠れている額《ひたい》が丸見えだ。

「あーあ」

ため息と一緒にバスルームを出ると、何かを抱えた征太と行き会った。

「デコ出し珍しいね」

言われて反射的に額《ひたい》を前髪と一緒に押さえつけるように隠す。征太はニコリと目尻を下げた。

「ヘアバンドのあとがついちゃったの。そういうのは触れないでよ」

恥ずかしくなって唇を突き出すと、征太は「可愛いのに」と笑った。

大柄でどちらかと言えば地味な印象の征太は、その熊さんのようなのんびりした外見とは裏腹にさらりと女性を褒める時がある。意外と女性慣れしているのかもしれない。

「なにそれ？」

誤魔化すように征太の手の中を覗《のぞ》き込むと、そこには鮭をくわえた熊と大きな桂馬《けいま》の木彫りの置物があった。

「物置で見つけたんだ。誰だよ、こんなもん持ち込んだの……」

呆れたように呟《つぶや》く征太に苦笑しながら「そんなの彰士に決まってるじゃん」と言うと、彼も「まあね」とうなずく。

「早くー！」

リビングから千恵美の苛立った声が聞こえてきた。

「おっと、女王様がお怒りだ。早く行かなきゃ」

征太と二人で笑い合い、足早にリビングへ向かう。

「彰士、これお前のだろ？」

リビングに入るや否や、征太が持っていた二つの置物を高く掲げた。すでにダイニングテーブルの前に座っていた彰士がぼんやりとそれを見上げ、「あ！」と声を上げる。

「そうそう、危ねえ。忘れるとこだった」

立ち上がってその置物を受け取った彰士に二人で呆れた視線を送っていると、

大きな鍋を抱えた千恵美がキッチンから現れた。

途端、リビングにお腹の虫をくすぐるいい匂いが立ち込める。

「ラーメン？」

匂いにつられたように征太がテーブルにつく。

「うん。インスタントラーメンに冷蔵庫にあった野菜とかぶち込んで、煮込みラーメンにしちゃった」

たかが野菜を一緒に煮ただけのインスタントラーメンだが、食卓にドンと置かれた鍋の中身は彩《いろど》りが美しく食欲をそそる。

千恵美は、派手な容姿からは想像できないくらいに家庭的な面がある。

四人の中で一番料理上手なのは千恵美だ。その次が征太。優香はあまり料理が得意ではない。割と大人しい性格のせいか、家庭的だと思われがちなのが優香のコンプレックスの一つだった。だがそんな優香より酷いのが彰士だ。

この家では週に一度、特別な理由がない限り四人で揃って夕飯を食べるというルールがあった。

同居人同士のすれ違い防止と、家の雑事について定期的に話し合う場が必要だったからだ。

その際の食事の準備は、最初は四人の持ち回りにしようと言っていたのだが、優香と彰士の料理オンチのせいで、結局千恵美と征太が二人で分担することになった。

その代わり、優香と彰士は掃除当番を二人より多く担当していた。

「いただきまーす」

四人で座って手を合わせると、一斉に鍋の中をつつきはじめる。

初めの頃は皿に取り分けてから並べていた食事も、いつの間にか大皿や鍋からそれぞれ直接取るようになった。これも二年という時間を経て四人の間に遠慮がなくなった証拠だろう。

「あ、それ彰士のオブジェ？　まだ捨ててなかったの？」

テーブルの脇に置かれた置物を見て千恵美が笑うと、彰士は不機嫌そうに唇を突き出した。

「捨てるかよ。俺の高校の時の思い出の品なんだから」

「何か特別な思い出があるの？」

優香が興味をそそられて尋ねると、彰士は得意げに口を開いた。

「高校の修学旅行の自分へのお土産」

なんだ、とまたしても呆れて優香が口を噤《つぐ》むと、征太もため息交じりに彰士を見た。

「そんなもん、わざわざ持って来ないで実家に置いとけよ」

「なーんだよ。この殺風景なリビングを飾り立ててやろうと気を利かして持ってきてやったんだろ?」

「で、それを見つけたあたしが、そんなセンスのないもん飾るなって怒ったのよ。確か引越し初日に」

千恵美がすかさず言を継ぐ。二人が言い合っている光景が目に浮かぶようで、優香は思わず噴き出した。

「それにしても二年なんてあっという間よね。最初はどうなることかと思ったけど意外と楽しかったし、学生時代のいい思い出って感じだったわ」

千恵美が感慨深げに言うと、征太は恨めしげな目を彼女に向ける。

「千恵美は編入組だからまだあと一年残ってるだろ。就職も決まってるし、この一年はぱあっと遊べるなあ」

「この一年が大変なのよ。卒業制作も本格的にはじめなきゃだし、教授の講演会のアシスタントのバイトとかで地方について行ったり、卒制以外の制作発表会なんかもエントリーさせられて、忙しいのなんのって……」

眉間に皺《しわ》を寄せながら話す千恵美は、しかしどこか楽しそうだ。几帳面な彼女は予定がしっかり詰まっている状態が好きらしく、忙しければ忙しいほど生き生きとしている。

周りもそんな彼女を頼りにしていて、編入前に通っていた大学でもバイトとして教授や講師のアシスタントをよくやっていた。

「優等生は大変だねー」

彰士がつまらなそうに呟《つぶや》いて麺をすする。

「この前の送り出し合宿の時もバイトだったたし、本当に忙しいんだね。あの時は千恵美がいなくて残念だったなあ。あの合宿が最後だったのに」

毎年四年生が卒業する直前に行われるサークル合宿は、送り出し合宿と呼ばれている。

優香がため息をつくと、千恵美も眉尻を下げた。

「ほんと、あれは痛かったわー。合宿すっごく楽しみにしてたのに……」

優香、彰士、征太はそれぞれS大、C大、H大に通っていた。この三大学は歩いていけるほどの距離にあるため交流が盛んで、三大学を中心としたインカレサークルも多く存在する。

優香たち四人が出会ったのもそんなサークルの一つだ。

千恵美は美大編入前に彰士と同じC大に通っていたのだが、美大に編入後も変わらずサークルには顔を出していた。

このサークルは普段の活動はもちろん、季節ごとに合宿や飲み会を行っているので三大学間で仲のいい友達ができやすかった。

とはいえ、いつも四人揃ってべったりしていたわけではない。確かに優香と千恵美は女子同士で仲が良かったが、彰士と征太はサークル内ではそれぞれ別のグループとつるんでいた。

「そういえば、アレやったの？　送り出し合宿で毎年恒例のヤツ」

千恵美が身を乗り出して尋ねた質問に、優香、征太、彰士の三人は目を合わせて苦笑する。

「秘密暴露会？」

征太の言葉に千恵美は「そうそう」と顔を輝かせてうなずいた。

合宿最後の夜に卒業生が一人一つずつ、今まであまり人に話したことのない秘密を暴露するという恒例行事のことだ。

今まで送り出す側だった優香たちは、先輩たちの時にくだらない、そして時に驚くべき秘密を聞いてきた。

だが、よほどインパクトのある暴露でない限り、そのほとんどはすぐに忘れてしまった。

人はそれほど他人に興味を持っていないのだな、と優香は毎年この時期になると思う。

とはいえ、頭ではそうとわかっていても、いざ自分が秘密を明かす側に立つと言い知れぬ不安と緊張がある。それに秘密だなんて何を話せばいいかわからない。

結局何を話すかも決められないまま臨んだ合宿だったが、今年は優香が秘密を暴露する機会は巡ってこないまま終わった。

「潰れたよ。最初の数人が暴露した後、一部の奴らが酔い潰れてグダグダ。そんで結局お流れ」

彰士が答えると、征太も笑いながら「そうそう」とうなずいた。

「ええ！　つまんなーい」

「俺はほっとしたよ」

心底安堵したような顔で呟《つぶや》いた征太に同意するように、優香も深くうなずいた。

「じゃあさ、今夜やらない？」

しばらく黙り込んだ千恵美が、ふと思いついたように放った言葉に、優香たち三人は千恵美の顔をマジマジと覗《のぞ》き込んだ。

「やるって？」

彰士が眉を顰《ひそ》めながら聞くと、千恵美は悪戯《いたずら》っぽい笑顔で三人を見回した。

「四人だけの秘密暴露会」

「ええ？」

「今夜？」

「めんどくせ」

千恵美の提案に三人それぞれ反応したが、誰もが否定的だ。だが千恵美は構わず続ける。

「だって、この家で四人で過ごすのはもう今夜が最後でしょ？　明日の朝になったらそれぞれ新しい場所に移ったり実家に帰ったりするわけだし。これから四人で集まることがあるとしても、それは大学時代の友人としてであって、ハウスメイトとしてではないじゃない。だからこそ、最後にお互いのことをさらに知って、今後の親交を深めていくために秘密を暴露するって有効だと思うのよ。みんなで飲みながらさ、ね？」

もっともらしいことを早口で並べ立てて千恵美は三人を見回す。いつものことだが、こういう時の千恵美の弁の立ち方には目を見張るものがある。

しかしどんなに素晴らしい理論展開をされようとも、この件に関して優香はまったく乗り気にはなれない。

「秘密って言っても……」

優香が言いよどむと、先ほどは否定的な声を出していた征太が真面目な顔で「面白いかも」と言い出した。

「本気かよ？　お前、さっき暴露会潰れてほっとしたって言ってたじゃねえか」

彰士が信じられないと言わんばかりの目つきで征太を見る。

「それは不特定多数に秘密を明かさなきゃいけなかったからだよ。でも今夜は四人だけだろ？　千恵美の言う通り、せっかく最後の夜だし、いつもの飲みとは違うことするってのはいいアイディアだよ。俺たち三人にとっては学生時代最後の思い出作りってことでさ」

「そうよ、征太の言う通り。せっかくの機会よ。こんなこと、きっと学生時代しかできないって」

征太が乗り気になったのに勢いづいて、千恵美が隣に座る優香の服の裾を引いた。

「ね？　ね？　いいでしょ？　やろうよ」

千恵美には満面の笑みで、征太には穏やかな笑顔で促され優香は困惑した。

三対一ならばまだ勝ち目があるが、千恵美と征太がタッグを組んでしまっては、優香と彰士がどんなに反対しようが太刀打ちできる気がしない。

ちらりと彰士の顔を見ると、彰士は憮然とした表情で麺をすすっている。

「私は、いいけど……」

視線を落として優香が折れると、千恵美と征太は無言のまま今度は彰士の顔を覗《のぞ》き込んだ。優香もつられて彰士に目を向ける。

「なんだよ」

彰士が不機嫌そうに三人を見回す。しかし、しばらくすると三人の視線に耐え切れなくなったのか「あー」と天井を見上げて頭をかき、渋々といった様子でうなずいた。

「わかったよ。やればいいんだろ？　まったく、二十歳も過ぎてくだらないこと思いつくよな」

最後の方は千恵美に対する悪態だったが、千恵美は気にした様子もなくはしゃいでいる。

「じゃあ、夜までに各自みんなに打ち明ける秘密を考えておくこと！」

「オッケー」

「うん」

「了解」

それぞれ答えて鍋の中の残りを征太がさらい、昼食はお開きになった。

昼食の後片付けを終え、自分の掃除の担当場所に向かいながら、優香はぼんやりと考えた。

今まであまり人に明かしたことのない秘密。

誰にも明かしたことのない秘密――ないわけではない。というよりも、秘密と言われて優香が真っ先に思いつくのはただ一つだ。しかしその秘密を明かすことには躊躇《ためら》いがある。

脳裏にちらりと浮かぶ顔。優香がそれを明かせばきっと嫌がる。そう考えると少し気分が落ち込む。

「何、今夜のことでも考えてるの？」

水を張ったバケツと雑巾を持ったまま、ぼんやりと廊下で佇《たたず》んでいると、後ろから声がかけられた。振り向くと征太が大きな荷物を抱えて立っている。女性の中でもあまり背の高くない優香は、大柄な征太と並ぶとまるで大人と子どもだ。

「あ、うん。まあ……」

征太を見上げてあやふやに答えると、征太は細い目を柔らかくした。

「適当でいいんじゃない？　彰士なんて、たぶんすげえ下らないこと発表すると思うし。あんま真剣に考えなくてもいいよ」

確かに彰士はこういうことを真面目に考えるタイプではない。

「うん、そうだね。ありがとう」

礼を言うと征太はニッコリ笑って玄関に向かって歩いていく。それを見送りながら優香は小さくため息をついた。

征太にああは言われたが、やはりそれなりの秘密を用意しなければ千恵美は納得しないだろう。

バケツを床に置き、雑巾で廊下の壁を隅から拭きはじめる。そうしながら、どうにか当たり障りのない秘密を捻り出そうと優香は頭を回転させた。

「親が離婚してる……のは、もうみんな知ってるか」

積極的に話すつもりはなかったが、四人でいる時、何かの拍子に千恵美に尋ねられ、母子家庭であることはみんなに打ち明けている。今時離婚家庭など珍しくない。千恵美も親一人子一人だと言っていた。彼女の場合は父子家庭らしいが。

優香の両親が離婚したのは、優香が小学四年生に上がる直前だった。原因は父の浮気。いや、正確に言うと、父は母との結婚前からずっと付き合っていた女性と一緒になる決意をしたのだ。

半狂乱になって叫び、父を引き止めようとする母に優香が呆然としていると、父は優香の目も見ずに「すまない」とだけ呟《つぶや》き去っていった。その時の父の横顔を優香は未だに忘れられない。

親族の説得でやっと離婚を承諾した母の、その後の荒れ様は凄まじかった。もともと気性の激しい女性だったこともあり、彼女は父に対する愛憎で混乱し、優香に当たり散らすようになった。

直接的な暴力を受けたことはないいし、育児放棄のようなこともなかったが、罵詈雑言を浴びせられる日々が続いた。

やがて母の行動は支離滅裂となり、口汚く罵《ののし》ったかと思えばそのことを優香に謝り続ける。そしてどこへも行くな、自分のそばにいてほしいと涙ながらに懇願するようになった。

そんな情緒不安定な母の優香に対する執着は激しかった。優香にまで見捨てられることを恐れたのだろう。学校からの帰りが少しでも遅くなろうものなら同級生の家に電話をかけまくり、優香の居場所をつかもうとする。

事件に巻き込まれたに違いないと思い込み、警察署に駆け込んだことも何度かあった。

異変に気づいた親戚が母に心療内科の受診を勧め、素直に従った母はそのおかげでかなり良くなった。

しかし一時期よりはましになったものの、母の優香への執着は未だに強い。最初は自分が母を守らなければと思っていた優香も、成長するにつれ彼女の重い愛情を間近で受け続けることに疲れていた。

千恵美にシェアハウスの誘いを受けたのはそんな折だ。大学を卒業したら戻るという約束でやっと実家を出られた。

それから二年。母と物理的に距離が取れ、精神的にかなり楽な二年だったが、それだけに優香にとってこれから戻る実家は憂鬱《ゆううつ》な場所以外の何物でもない。

世界が狭すぎるのよね、お母さんは。

実家の母のことを思い出し、優香はまた一つため息をついた。

汚れた雑巾をバケツにぞんざいに放り込む。普段意識していなかった家の壁は優香が思っている以上に汚れていて、雑巾を洗うとバケツの水が灰色に濁《にご》った。

優香の母が働いていたのは父と結婚する以前の数年だけ。結婚してからはずっと専業主婦で家庭のことばかりだった。

離婚した後も父が高給取りだったため慰謝料と養育費は十二分に支払われ、母が働きに出る必要はまったくなかった。お金に困らないという意味では非常に幸運だったが、だからこそ母は外に出る機会を逸してしまい、余計に内にこもるようになってしまったのだ。

それは離婚からすでに十年以上経っている今も変わらない。

ささっと切り替えて新しい相手でも見つければ良かったのに。

そんな風に思うことは多々あるものの、子連れの恋愛や再婚がいかに難しいかは大人になった今ならわかる。

優香自身も思春期に母のことで手いっぱいだったため、経験不足で未だに恋愛には積極的になれない。

世の中なかなか上手くいかないものよね。

バケツの中で濡れた雑巾をしぼっていると、玄関のチャイムが響き渡った。雑巾をバケツの縁にかけて玄関へ小走りに駆けていくと、リビングのドアから彰士が顔を覗《のぞ》かせた。

「客？」

「たぶん引越し業者の人だと思う。午後に頼んでたから」

彼の目の前を通り抜けざま言い置いて、玄関の戸に手をかける。

「何か手伝おうか？」

背中越しに聞こえた声に「大丈夫」と答えると、「あっそ」とつまらなそうな返事。戸を開けると、爽やかな笑顔の作業着の男性二人が立っていた。

引越し業者の人はパズルが得意に違いない。

若い男と壮年の男の二人組が部屋の荷物を次々とトラックに運んでいく様子を見ながら、優香はそんな感想を抱いた。

引越し業者の小さいトラックを見て、最初は自分の荷物が入りきるのか不安になったが、作業がはじまるとあっという間だ。終わるとすべてがぴったりと嵌《は》まるように積み込まれていた。

「いやあ、暑いっすね」

「そうですね」

引越しの日に晴れたのは良かったが、肉体労働をするには少し暑すぎたらしい。若い男が汗だくになりながら話しかけてきたのに返しながら、二人にスポーツドリンクを差し出す。

「デカい家っすね。一人で住んでたわけじゃないっすよね？　彼氏さんとでも住んでたんですか」

若い男がペットボトルに口をつけながら玄関先で家を見上げる。

「あ、いえ。友達と四人でシェアしてて……。でも就職を機にみんな出ることになったんです」

「ああ、そりゃ寂しいっすね」

優香と同じか、少し若いぐらいだろうか。男は人懐っこい笑みを優香に向けた。

「ええ、まあ……」

つられてぎこちなく笑いながら優香はうつむく。初対面の人間は少し苦手だ。優香は内向的というわけではないが、決して社交的でもない。

「実家に帰るんすか?」

優香の様子なんてお構いなしにグイグイ踏み込んでくる相手に戸惑いつつ、「はあ」と答えてチラリとトラックの方を見ると、険しい目つきで若い男を睨む壮年の男の姿が目に入った。

「おい、行くぞ。次も詰まってんだ」

「優香、終わったなら掃除の続き」

壮年の男が若い男に投げかけた声と、背後から優香にかけられた声が重なる。

振り返ると、玄関から彰士が顔を出していた。眉間に薄く皺《しわ》が寄っている。

「それじゃ、鈴浦さん。荷物は指定の住所にお届けしますんで。あちらにはどなたかいらっしゃるんですよね？」

壮年の男に声をかけられ振り向くと、若い男はもうトラックの助手席に乗り込もうとしているところだ。ほっと息をつきながら優香は壮年の男に答えた。

「はい、母がいます。よろしくお願いします」

「ご利用ありがとうございました」

「いえ、こちらこそ」

互いに軽く会釈《えしゃく》すると、壮年の男はいそいそとトラックに乗り込む。助手席から若い男が優香の方を見てニッコリ笑い、手を振った。

「仕事中にナンパしてんじゃねえっての」

遠ざかるトラックを見送りながら彰士がボソリと呟《つぶや》く。そのまま優香の方を見ずに家の中へと戻っていく彰士の背を追いながら、優香は躊躇《ためら》いつつ口を開いた。

「別に、ナンパってほどじゃないわよ。ちょっと世間話してただけだし」

「あのおっさんが声かけなかったら、あいつお前の連絡先くらい聞いてきてたぞ」

「ええ、そう？　そんな感じじゃなかったけど……」

「そうだよ。すげえ下心見え見えの顔してたじゃん。お前鈍すぎ」

ぶっきらぼうに言い放つ彰士に「そんなことない」と言いかけて口を噤《つぐ》む。彰士は口が立つ。ここで反論したところでやり込められるだけだ。

「なに、ケンカしてんの？」

二階から下りてきた征太が細い目を丸くして優香たちを見比べた。

「ちげーよ。優香があんまり鈍いから気をつけろって話」

彰士は自分の頭を乱暴にかくと、どすどす足音を立ててリビングへ向かっていく。

「さっきの引越し業者？」

尋ねられ、気まずいながらもうなずくと征太が苦笑した。バタンと大きな音を立てリビングのドアが閉まる。

「彰士って優香のことになると過保護だよね。前も優香にちょっかい出したサークルの奴のこと、すごい目で睨んでたし」

「え、そうなの？」

気づかなかった、と呟《つぶや》いて彰士の消えたリビングのドアを見る。

「でも彰士って仲間意識が強いとこがあるから、千恵美でも同じようにしたと思うけど」

「んー、どうだろ。千恵美はそういうの自分で処理できちゃうし」

つまり優香には処理できない、という意味だろうか。何だか征太に頼りないと言われたような気分になる。

「まあでも彰士のは余計なお世話だよね。優香だって言い寄ってきた男の中に、いいなって思ってた奴がいたかもしれないのにね」

そう言うと、征太は何かを確かめるようにニッコリと笑って顔を覗《のぞ》き込んでくる。そうでもないけど、と心の中で呟《つぶや》くと征太はいつになく意地悪な目をした。

「……それとも言い寄ってくる男を彰士に蹴散らしてもらえるのは嬉しい？」

思いもよらぬことを言われてドキリとする。しかし優香は平静を装って笑った。

「今のところは、ありがたく思ってるよ」

すると征太は「ふうん」と呟《つぶや》いてフッと笑うと、優香の頭をポンッと撫でて廊下の向こうへ歩いていく。

征太ってたまに何考えてるかわからない。

征太の背中が遠ざかるのを見ながら、優香は撫でられた自分の髪を軽く引っ張った。

日が傾きはじめた頃ようやく家の掃除を終えると、千恵美の一声で夕飯は出前を頼むことになった。千恵美はそれぞれの注文を聞くとスマホを取り出し、最寄りの定食屋に電話をかける。

その手つきは慣れたものだ。行動の早い彼女は仲間内の飲み会などでも幹事を任されることが多い。

「ねえ、どうせ冷蔵庫に入ってるお酒だけじゃ足りないし、今のうちに誰か買い出しに行ってよ」

電話を切ると千恵美が三人を振り返った。彰士がすかさず唇を突き出す。

「何でお前は行かない前提なんだよ」

「あたしはこれから冷蔵庫の最後の残りでサラダを作るのよ」

睨み合った二人の視線が横に立つ征太へと移る。征太は苦笑いしながら頭をかいた。

「俺、もうちょっと壁のネジ穴補修するつもりだったんだけど。彰士が代わりにやってくれるなら買い出しでもいいよ」

彰士は頭の中で買い出しとネジ穴補修を天秤にかけたようだ。微妙な顔をしている。どちらも嫌らしい。

「じゃあ私が行くよ。やることないし」

不機嫌そうな彰士に気を使い優香が手を上げると、彰士はため息をついた。

「いい。俺行く。四人分の酒なんて重すぎるだろ。それにお前、あんまり酒知らないし」

面倒くさいことが嫌いな彰士だが、こういうところは意外にフェミニストだ。文句を言いつつも結局は引き受けてくれる。

「二人で行ってくれれば？」

千恵美に言われ、優香はすでに歩き出していた彰士の背中を慌てて追ったが、

「どうせ荷物持つのは俺だし、一人で十分」とそっけなく返されてしまう。

「ごめん、彰士。ありがとう」

背中に声をかけると振り返りもせずにヒラヒラと手を振り、彰士はリビングを出て行く。

「じゃ、俺はネジ穴だな。二人の部屋のも埋めとくよ」

彰士に続いて征太がリビングを出ると、千恵美が腕まくりした。

「さあて。さっさとサラダ作っちゃおう」

一人だけ手持ち無沙汰になってしまった優香は、キッチンに向かう千恵美に何となく続く。

「何か手伝うことある？」

「そうね。じゃあ野菜洗って」

「オッケー」

言われた通りに野菜を取り出そうと冷蔵庫を開けると、ほぼ空のその箱の中

には数本の缶ビール。彰士が好きな、優香には苦すぎるメーカーだ。

横から千恵美の手が伸びて、残り少ないベーコンをさらった。

「うーん……」

冷蔵庫から取り出した野菜を流水で洗いながら、知らず知らずのうちに唸《うな》った優香に千恵美が振り返る。

「何？　何か言った？」

千恵美の視線を受けて、優香はまた唸《うな》りながら天井を見上げる。

「あのさ、私って実は彰士に嫌われてたりするのかな？」

思い切ってそう尋ねてみると、千恵美は眉根を寄せて持っていた包丁をまな板の上に勢いよく置いた。

「は？　はあ？　何、急に？　なんで？　どう考えたらそう思うわけ？」

背を向けていたはずの彼女は、今や完全に優香の方に向き直っている。

「彰士ってね、私と二人きりになるのを避けてるような気がするんだよね」

「そう？　今日の午後だって玄関のとこで二人で話してたでしょ？」

「うん。でもそういう一瞬じゃなくて、なんていうか……。三十分とか一時間とか割と長い単位で二人きりになったことが今までほとんどなくて」

そうなのだ。二年も同じ家に暮らしていたにもかかわらず、優香は彰士と二人きりになる時間がほとんどなかった。

買い出しに二人で行ったこともない。リビングに優香がいる時は、千恵美か征太が一緒じゃなければ彰士はその場に留まらなかった。

寝るには早い時間帯に家の中で二人きりになると、彰士は二階の自室にこもるか、どこかへフラリと出かけてしまっていた。

「えー？　そう？　全然気づかなかった」

千恵美が驚きに目を丸くする。あからさまに避けられていたわけではなかったし、優香と接する時の態度はあくまで普通だったので、傍目から見るとわからなかったかもしれない。

「むしろあいつって優香に対しては過保護だと思ってたけど。特別扱い、みたいな……」

ついさっき同じことを言われたのを思い出し優香が笑うと、千恵美が首を傾げた。

「さっき征太にも同じようなこと言われたの。でも私が特別扱いってことはないよ。むしろ仲がいいのは千恵美でしょ。サークルでも二人が付き合ってるっていう噂はずっとあったし」

並んで立つと美男美女でいかにもお似合いの二人だ。

普段は女子をあまり寄せ付けない雰囲気の彰士が、千恵美に対してはフランクに言いたいことをぶつける上、途中から同じ家に住みはじめたとなればそんな噂が出るのも仕方ない。

美男美女というだけでなく、彰士と千恵美はどこか似ていた。自分の思ったことを素直に表現する性格や、どこにいても目立つ容姿。

どんなに大人数でいても彰士と千恵美だけはすぐに見つけられる。まるで彼らの周りだけがキラキラした膜に覆われているようなのだ。

優香は、よくサークルの女の子たちに二人の仲について根掘り葉掘り聞かれていた。

そしてそういう子たちと話していると、話題はだんだん千恵美に対するやっかみになっていくのが定番だった。曰く、「彼女でもないのに彼女面《づら》してる感じ」とか「仲良くケンカすることで他の女を牽制してるみたい」などだ。

「ああ、そんな噂もあったたね。気になるならあたしか彰士に直接聞きにくればいいのに、ほとんど聞いてくる子いなかったんだよね。……でもあたしの場合、彰士に限らずいろんな噂があったでしょ？」

その容姿と白黒はっきりしている性格から、千恵美はあまり女子受けするタイプではない。サークルの女子の間では千恵美に関する悪意ある噂も広まっていた。

千恵美が彰士と同じ大学の法学部にいた頃は、成績も良く、教授からも可愛がられていたことを妬《ねた》まれ、成績やコネ作りのために枕営業しているなんて噂もあったぐらいだ。

「酷いよね、あんな根も葉もない噂」

そんなことを千恵美がするわけがない。千恵美は今時珍しいぐらいに清廉潔白なのだ。

最初は馬鹿正直に千恵美を擁護《ようご》していたが、いくら優香一人が頑張ったところでそんな噂が消えることもない。

千恵美自身もそんな連中を鼻で笑って相手にしていなかったので、優香も途中から「本人に聞いてみれば？」と流すことにしていた。

千恵美が「うーん」と唸《うな》ったのにつられて見ると、彼女はパッと顔を上げて苦笑した。

「それにしてもなーんで彰士がモテるかなー。この四年間でそれが最大の謎だったわ」

腕を組み本気で悩んでいる千恵美の様子が何だかおかしい。

「まあ顔がいいのは認めるけどね」

そう付け足すように呟《つぶや》き、チラリと優香の顔を見たかと思うと、千恵美は置いていた包丁を手に取った。

そしてベーコンに向き直り、止めていた作業を再開する。

「優香は？　彰士みたいなのはどう？」

投げかけられた質問に優香は少しの間黙り込んだ。

「どうって？」

千恵美の背中に問い返しながら、もう一つのまな板に手を伸ばす。洗い終わったキュウリをぎこちない手つきで薄切りにしはじめた。

千恵美がトントンとリズムよくベーコンを切っている音を聞きながら、実家に帰ったら少しは母親から料理を習おうかな、とチラリと考える。

「男としてって意味。どう思ってるのかなって。タイプじゃない？」

何かを迷うように続けた千恵美に、なぜ今になってそんなことを聞くのだろうかと率直な疑問が湧いた。

一緒に住みはじめて二年。知り合ってからはもっと長いが、千恵美と恋愛の話をしたのは数えるほどだ。

「男として……」

千恵美の言葉を反芻《はんすう》すると、彼女は深い声で「うん」と答えた。

今まで千恵美は、二人きりの時は避けるかのように恋愛の話題は振ってこなかった。

そういう千恵美との関係は優香にとって心地いいものだった。

決してべたべたしてこない、他の女子との付き合いよりもずっとさっぱりとした、それでいて互いを信頼し合っている関係。

互いのすべてを知っているわけではないけれど、親友と言われれば千恵美の顔を一番に思い出すような、ちょうどいい距離感の友人。

「私は、別に……」

どうして今さら、とどぎまぎしながら曖昧《あいまい》に答える。

同時に、千恵美はどうなのだろうかと頭の隅で考えた。口ではあんなことを言っているが、彰士のことを本当に恋愛対象として見ていないのだろうか。

「タイプじゃない？　じゃあどんな人がタイプ？」

千恵美はまるで重要なことを確認するかのような口ぶりだ。

「タイプって……。何でそんなこと聞くの？　今まで一度も聞いてこなかったじゃん」

誤魔化すように問い返すと、千恵美はことのほか明るく笑った。

「だからよ。最後ぐらい女子らしく恋バナしようっていうね。記念じゃん。じゃあ初恋！　優香の初恋っていつ？　どんな相手？」

さらに優香に追い打ちをかけるような質問だ。「えー」と冗談交じりの呆れた声を上げながらも、優香の脳裏に制服姿の少年の姿がよぎる。

雨の中、傘もささずにこちらをジッと見つめる少年。そぼ濡れた髪。紅潮した頬。寒いのか唇を少し震わせ、どこか憂いを帯びた表情をしていた。

あれは何年前のことだったかな。

まな板の上にまっすぐ落とした包丁の刃が、タンと軽快な音を立てる。薄く切ったキュウリがパラリとまな板の上に落ちる。

優香の瞼《まぶた》の裏に強烈に焼き付いているあの光景。あの時は気づかなかったけれど、たぶんあれが優香の「初恋」だ。

あの時の……

「優香、このピアスって優香の？　部屋に落ちてたけど」

急に聞こえた大きな声に思考の底から呼び戻され、優香はハッとした。振り向くと、キッチンの入り口で征太が不思議そうな顔をしてこちらを見ていた。

「何これ。ビールとカクテルばっかり。酒飲みはじめたばっかの女子かっつーの」

夕飯の後片付けを素早く終わらせた千恵美が、彰士が買い出しに行った袋の中身を見て不満そうな声を出す。

「というか、どちらかと言えば優香の好みばっかり？」

同じく袋を覗《のぞ》き込んだ征太が愉快そうに彰士を見る。千恵美の手によってテーブルに広げられたのは、確かに優香の好きなカクテルばかりだ。

しかし彰士はフッと不敵な笑みを浮かべリビングを出ると、すぐに何かを手にして戻ってきた。

「この前手に入れた俺の秘蔵の酒。仕方ねえからこれも開けてやるよ。本当は一人で飲もうと思って大事に取ってたんだけどなー」

得意げに彰士がテーブルに置いた瓶のラベルには、やたら達筆な字で銘柄と産地が書かれている。

「おお。これ一回飲んだことある。旨いよね」

「こういうお酒を一人で飲もうとするとか、ないでしょ」

優香はカクテルとビール以外あまり飲まないのでわからないが、二人は知っているようだ。千恵美と征太は顔を見合わせると悪戯《いたずら》っぽく笑う。

「じゃあ俺も」

「それじゃ、あたしも」

言いながら征太と千恵美がそれぞれ動き出す。

「あ、それお酒だったの？　さっきから何なのか気になってたんだよね」

征太がリビングの隅に置かれていた箱を持ち上げるのを見て、優香が言う。

すると、征太は箱を開けながらうなずいた。

「焼酎ね。ちょっと前に実家から持ってきてたんだけど忘れててさ。昨日クローゼットで見つけたんだ」

「あたしはこれ！」

明るい声と共に、キッチンから千恵美が戻ってくる。彼女の手には四人分のグラスとワイン。

「キッチンに隠してるとか、アル中の主婦かよ」

戻ってきた千恵美に彰士が笑いながら言う。

「うるさいわね。隠してたんじゃなくて、今日のために前もって買っておいたのよ」

「しかしこれって、ちょっとチャンポンしすぎじゃないか？　明日二日酔いになりそうだな」

「なったらなったでいいでしょ」

三人がそれぞれ手にした酒を見回し、優香は目をパチクリした。

「えー。みんな、それぞれお酒持参？　私、何もないよ」

「いいんだよ。お前、どうせカクテルかビールしか飲まないだろ」

彰士はそう言って笑うと一番に席に着く。

「じゃあ、とりあえずビールで乾杯？」

千恵美の一声で全員席に着くと、そのまま彼女の音頭で乾杯した。

四人同時に缶ビールに口をつける。独特の苦みに続いて後を引かないさっぱりとした口触りが広がり、優香は思わずプハッと息をついた。他の三人も同じような反応をしている。

「あー、一仕事終えたあとの一口目って最高」

「千恵美、親父くさい」

「これぱっかりはそう言われても仕方ないわー」

四人声を揃えて笑う。今日が最後だなんて思えないほどいつも通りの雰囲気だ。

「そういえば、一緒に住むっていう話が最初に出たのって飲み会の時だったよな」

しばらく雑談をしていると、征太が懐かしむようにそう言った。彼は、テーブルに広げられたおつまみの中にあったさきいかの袋を開けている。

「そうそう、サークルの飲み会。私は彰士とも征太ともあの時初めて話したんだよね。サークルで何回か顔は見てたけど」

優香が言うと、征太が「そうだっけ？」と首を傾げた。

優香たちが所属していたのは三つの大学を中心としたインカレサークルだったために人数が多い。顔と名前は知っていても話したことはないというサークル仲間が大勢いた。

「冷静に考えると、ほぼ何も知らない男との同居を決めるってすごい度胸だな、お前」

彰士がテーブルに頬杖をついて、呆れたような感心したような声を出す。

「だって千恵美がよく知ってたみたいだったから」

言い訳するように答えると、「ふーん」とつまらなそうな返事が返ってきた。

「まあ実際、あの時はその場のノリっていうか、ホントに一緒に住むことになるなんて思ってなかったけどね」

「言い出しっぺがよく言うよ」

千恵美に彰士が野次を飛ばし、征太が「間違いない」と噴き出した。

大学二年時にあったサークルの飲み会で、たまたま同じテーブルについた優香たち四人は意気投合して大いに盛り上がった。他のテーブルが席替えを繰り返す中、優香たちはずっと同じテーブルで話し続けたほどだ。

そして酒の勢いで一緒に住もうと言い出した千恵美に、全員が賛同したのだ。

しかし優香を含め、その場の誰もがその計画をただのノリだと思っていたはずだった。

その後、千恵美から本当に一緒に住まないかと誘われ、酷く驚いたことを優香は今でも覚えている。

「あの夜はあたしも本気じゃなかったわよ。でも引越したかったのはホントだったから、いろいろ物件を見てたの。そしたら一人で住むよりも、数人でシェアした方が広いところを安く借りられるし、学生向けのシェアハウスもたくさんあるってことに気づいたのよ」

そしてシェアハウスを見ているうちにその気になってしまい、試しに優香に声をかけたらしい。それは早く実家を出たいと思っていた優香には渡りに船だった。

「でも、一応のつもりで声かけた彰士や征太までオッケー出すなんて驚いたけどね」

いくら学生向けに格安にしてくれているとはいえ、新しい場所に移るのにはお金がかかるものだ。それなのに学生である四人が全員引越しを承諾するというのは奇跡に近い。

「俺は全部計算したよ。ここの家賃と敷金礼金合わせた額とか、前のアパートの家賃とか。あとは大学とかバイト先への交通費なんかもいろいろ比べて、こっちのが安いってなったからさ」

征太がさきいかを口に挟んだまま言うと、彰士が茶々を入れる。

「そういうとこ細かいよな」

「堅実って言ってくれよ」

征太が不服そうに彰士を見た。

「ところで千恵美は何で引越したかったの？」

優香は実家を出るために同居を承諾したが、千恵美が引越ししたかった理由は聞いたことがない。それに思い当たって優香が尋ねると、千恵美は手の中でピーナッツを弄《もてあそ》びながら天井に目をやった。

「んー……。まあ、逃げるため、かな」

「逃げるって何から？」

重ねられた彰士の問いに千恵美は苦笑いする。

「あの頃ね、元彼がちょっとストーカーっぽくなっててさ。大したことはされてなかったんだけど怖かったから、酷くなる前に、ね」

千恵美の言葉に驚いて優香は目を丸くした。彰士も少し目を見張っている。征太だけが落ち着き払った様子でビールを口に含んだ。

「そうだったの？」

「いや、ホントに大したことなかったのよ。引越すほどのこともなかったのかもしれないけど。まあ、でも気分も変えたかったし」

そう言って千恵美は笑ったが、同じ女として彼女の恐怖は理解できる。引越し当初、彼女がまったくそんな素振りを見せなかったことを思い出し、優香は千恵美の強さに感心した。

もし優香が千恵美の立場だったら、引越した先でも常に不安に苛《さいな》まれ、恐怖に身を縮めながら過ごしたに違いない。

「でも今思うとアレもいいきっかけだったな。アレがなかったら絶対この四人で住むことなんてなかっただろうし」

千恵美はどこまでも前向きで強い。晴れやかな彼女の顔につられ、優香も笑みをこぼした。

「さてさて、じゃあそろそろはじめますか？」

しばらくの雑談の後、居住まいを正し口調を変えた千恵美にドキリとして、優香は少し目を伏せた。

「秘密暴露会？」

征太が楽しそうに聞くと、彼女は「その通り」と笑う。

「ホントにやるのかよ」

彰士が面倒くさそうに髪をかき上げる。優香も同じ気持ちだ。このままいつものような雑談だけで時が過ぎてくれたらと密かに願っていた。

「最後の夜だもん。何か特別なことしたいじゃん」

明るく告げる千恵美に、彰士はうんざりとした表情で手元の缶ビールを呷《あお》った。

「誰からいく？」

乗り気の征太がみんなを見回す。

まだ秘密を明かす心の準備ができていない優香は、反射的にさっと征太から顔を逸らした。しかしその動きが逆に征太の目を引いてしまったらしい。目の端で彼が優香に照準を合わせているのがわかる。

「やっぱりここは言い出しっぺからだろ」

しかし征太がその口を動かそうとした時、横から彰士が助け舟を出すように言った。おそるおそる視線を戻すと、千恵美も征太も彰士を見ている。

「お前いけよ、千恵美」

彰士に指名された千恵美は「いいわよ」と、こともなげに応じた。思わずほっと胸を撫で下ろした優香を見て、征太が口の中で笑っている。普段温厚な征太は実は意外と意地悪だ。

「ねえ、はじめる前に確認しときたいんだけど、みんな用意した秘密って一つだけ？」

その問いかけに優香はびっくりした。

「みんな、そんなにいくつも秘密があるの？」

優香が焦って千恵美を見ると、彼女は「うーん」と一人唸《うな》っている。

「だって秘密を一つずつ明かすだけじゃ、すぐに終わっちゃうじゃない。だから下らなくても大したことなくてもいいから、今まであんまり人に言ったことのないことをいくつか暴露するのはどう？　人って意識してなくてもいろいろと胸に秘めてるものでしょ？　二十年以上生きてきて、秘密が一つだけなんてあり得ないわよ」

そうなのだろうか。少なくとも自分はあまり秘密がない方だ。そんなことを思いながら優香が男性陣に目をやると、二人は涼しい顔をしている。

「まあ、いくつか明かせるのがあれば明かせばいいし、一つしかなければそれでもいいんじゃない？」

征太の言葉に千恵美は「そうね」と納得して、再び居住まいを正した。

「じゃあ、あたしからね。どれにしようかな……」

千恵美は口元に手を当ててしばらく考え込むようなポーズを取る。まるでレストランでこれから食べるものを決めるような気軽さだ。そうしてからパッと前を向くと彼女は口角を上げた。

三人分の視線を受けて、千恵美は一人一人を順番に見回す。そして優香にぴたりと視線を止めてしばらく見つめる。それから目を逸らすと、彼女はその形のいい唇をゆっくりと開いた。

「一年の時の話なんだけど。あたし、彰士と付き合ってたんだ」

千恵美

昨日は冬物の厚手のコートを着て外出していたというのに、今日は昼を過ぎると春とは思えないほどに暑くなった。

こんなに良い天気の週末は普段ならウィンドウショッピングをしたり、街を抜け出して海へ趣味の写真撮影に行ったりする。

しかし千恵美は今日に限って家に引きこもり、二年間共に暮らした仲間と最後の大掃除をすることになっている。これも一種の青春を彩る思い出作りと言えばそうだが、それでも引越しを控えた借家の大掃除というのは本当に面倒で仕方ない。

立つ鳥跡を濁《にご》さずとは言えど、さすがに二年も経っていると入居前より綺麗にとはいかないのが現実。

シェアハウスとして貸し出されていたこの家は、キッチンとリビングにのみテーブルやソファなどの家具と、冷蔵庫や電子レンジなどの家電が付いた物件だった。前の住人が置いていったものらしい。

契約前に大家との面談という条件があったので会いに行くと、昔は学生向けの下宿をやっていたというその大家は千恵美たちをいたく気に入り、家賃や敷金をまけてくれた。

いろいろと便宜を図ってもらったからこそ、なるべく綺麗にして返したい。そう思うのだが、千恵美が担当するキッチンなんぞは普段目に見えないところにこびり付いた油汚れが多すぎてキリがない。

派手な見た目に似合わず几帳面な千恵美は、掃除をはじめるとどんな小さな汚れも見過ごすことができず、午後になっても一向に換気扇とその周囲の掃除を終えられない。

そのことにイライラしはじめていると、庭の掃除をしていた彰士がキッチンのガラス戸を開けて顔を覗《のぞ》かせた。

「お前、ちゃんと掃除してんの？　さっきからずっと換気扇ばっかかじゃん」

「うっさいわね。だったらあんたがキッチン掃除してよ。その代わり、あたしがやるよりも綺麗にしてよね」

腹が立って彰士を睨みつけ、手にしたスポンジを投げつけるジェスチャーをする。彼はすぐに顔を引っ込めて肩をすくめた。

一人だけ寝坊して叩き起こされたくせに、自分のことは棚に上げるなんて、彰士の減らず口は相変わらずだ。見た目は女受けのいいこの男は、口を開けば驚くほど粗雑だった。

イライラした気分のまま彰士のことを頭から追い出そうと、午前中からずっと聞き続けているお気に入りのアイドルグループの曲に耳を傾ける。

そして凝り固まった肩をほぐすように腕を回し、持っていたスポンジをシンクに投げ出すと蛇口を捻って水を流す。

今日何度目になるかわからないこの作業に飽き飽きしながらも、曲に合わせてスポンジをすすいでいると、リビングから征太が入ってきた。

「なんか手伝うことない？」

ちらりと目だけで見やると、征太はその熊のような巨体を少し屈ませて顔を覗《のぞ》き込んでくる。

「どうした？　なんか疲れた顔してる」

「べっつにー。外の奴がちょっとね」

言うと、征太は一瞬だけ庭の方を見て「ああ」と納得したように笑う。この二年の間、優香と征太にはどれだけ彰士に関する愚痴をこぼしたかわからない。

「相手にしなきゃいいのに」

愚痴をこぼすたびに征太に言われ続けてきた言葉だ。確かに軽く受け流せればそれほど楽なことはない。だが彰士と言い合うのは半ば反射だ。すでに千恵美の体の奥深くまで染み付いてしまっている。

「仲いいんだか悪いんだか」

先ほどの彰士のように肩をすくめてみせた征太をジロリと睨んで、千恵美はふん、と彼から目を逸らした。


ようやく換気扇とコンロ周りの掃除を終えると、千恵美は今度は冷蔵庫の中の掃除に取りかかった。

冷蔵庫の中にはまだいくらかの食材や飲み物が入っているが、それも今夜すべて一掃されることになる。

この二週間ほどは、征太とどれだけの食材をどう使うか計画しながら買い物をして、冷蔵庫の中身を減らしてきた。我ながら完璧な配分に惚れ惚れしてしまう。

「千恵美、一回ここの電気点けてみて」

キッチンの白熱灯を換えていた征太が、脚立の上に乗ったまま千恵美を振り返る。言われた通りスイッチを入れると、キッチンが少し明るくなった。

「大丈夫だな」

確認した征太が脚立から下りたのを見て、千恵美もスイッチを切る。まだ電気を点けておくには早い時間だ。

家全体の電球の交換は、引越し前にやっておいてほしいと大家に頼まれていた仕事だ。そのための新しい電球一式を事前に持ってきてくれていた。年を取った大家には電球を換えるのも大仕事なのだ。

「優香の引越し業者、来たみたいだな」

少し前にドアベルが鳴らされていた。今日の客の予定は優香の頼んだ業者のみなので、おそらくそれだろう。現に先ほどから階段を上り下りする複数の足音が聞こえてきている。

ふと庭を見ると、草むしりしていたはずの彰士の姿が見えない。サボっているのではないかとガラス戸に近づき彰士を探す。

すると、家の角で蹲《うずくま》ったまま庭から続く門を覗《のぞ》き込んでいる彰士の姿が目に入った。草むしりの手は申し訳程度に動いているが、彼の目線はまったく手元を見ていない。

「何してんのかしら」

不審に思って呟《つぶや》くと、横に来た征太も同じように庭を見てクスクス笑った。

「引越し業者が気になるんだろ？」

「子どもみたい」

自分には関係ない来客にソワソワして落ち着きがなくなるなんて、犬か子どもか彰士ぐらいだ。呆れぎみに言うと、征太が「ははっ」と声を上げた。

「来客が気になるっていうより、優香のお客さんだから気になるんじゃない？」

言われて納得する。普段あまり女に興味を示さない彰士だが、こと優香に関してては別だ。

家で接する態度は普通なのに、サークルなど大人数がいる時には優香に悪い虫がつかないように見張る素振りが見え隠れする。

別にすべての男から優香を遠ざけているわけではないのだが、女癖が良くないと噂があったり素性がよくわからない男が優香に近づけば、それとなく割って入って追い払う。

あたかも優香の父親か騎士のようだ。

「さっさと付き合えば良かったのに」

優香だって彰士にまんざらではない様子だ。それに二年も一つ屋根の下に住んでいたのだ。機会などいくらでもあっただろうに。そんな思いでボソリと呟《つぶや》く。

「あの二人はどっちも奥手というか、恋愛に関して自分から積極的にいくタイプじゃないから。……だからこその暴露会だろ？」

悪戯《いたずら》っぽく笑った征太が千恵美を見下ろす。

「あ、やっぱりわかった？　発破《はっぱ》かけてやろうと思って」

同じように笑った千恵美は、顔を彰士の方へ向けたまま目だけで征太を見る。征太の言う通り、千恵美が今夜の暴露会を提案したのは、優香と彰士の関係をいい加減どうにかしたかったからだ。

「あの二人は鈍いから、中途半端な発破《はっぱ》じゃ気づかないと思うよ」

その言葉に噴き出して笑うと、征太もニヤリと笑った後にふと真剣な面持ちになった。

「でも、千恵美はあの二人が付き合ってもいいの？」

質問の意図がわからず征太の顔を正面から見上げる。彼はその細い目の奥に不思議な色を宿して千恵美の瞳を覗《のぞ》き込んでいる。

「どういう意味？」

ストレートに聞き返すと、征太は「いや……」と言葉を濁《にご》した。

「もしこの二年のうちに二人が付き合って途中で別れたりしてたら、あたしたちまで気まずくなってただろうから、そういう意味では二人が付き合うのは嫌だったかなあ。でももう今日で最後だし、後はあの二人の勝手でしょ」

言うと征太も「そうかもね」と笑った。

「じゃ、俺は上の電球も換えてくるから」

そうしてキッチンを出ていった征太を見送ってから、千恵美はもう一度だけ庭を振り返る。彰士は相変わらず家の角に蹲《うずくま》ったまま門の方を見ていた。

『千恵美はあの二人が付き合ってもいいの？』

先ほどの征太の問いが知らず胸の中で繰り返される。それに答えるように、一瞬だけ目を閉じた。

付き合っても？　いいに決まっている。

さっきまで耳に心地よく聞こえていたアイドルグループの明るいラブソングがやけに耳障りになる。目を開けて音楽を切ると、千恵美はスマホをカウンターの上に放り出した。

二人がこれから付き合うとしたら。

今日が終わればこの四人が一堂に会することなんて、一年のうちに数えるほどになる。つまり、二人が付き合っているのを間近で見ることはほぼないということだ。

きっと千恵美は素知らぬ顔をして過ごす。そしてたまに会う優香の惚気《のろけ》を聞いたり、征太と一緒になって二人をからかったりするのだろう。

それから仲むつまじい二人を眩しく見つめ、二人の熱に当てられた、などと征太に愚痴交じりの冗談を言う。

そして、そして……？

自分の中に浮かんだ疑問から目を逸らし、千恵美は掃除途中の冷蔵庫をもう一度開いた。


夕方になってようやく掃除を終えると、千恵美は夕飯の付け合わせにサラダを作るべくキッチンへと舞い戻った。今日は一日中キッチンで過ごしていると言っても過言ではない。

優香が野菜を取ろうと冷蔵庫を開けた横から手を出し、ベーコンを取る。これで冷蔵庫の中に残っているのは数本の缶ビールと調味料がちょっとだけ。調味料は明日、千恵美が引越し先へ持って行く。

優香はビールを目にした途端動きを止め、しばらくすると我に返って野菜を手に取り冷蔵庫を閉めた。

あの缶ビールは彰士のお気に入りだ。彰士のことでも考えていたに違いない。

そんな優香を横目にベーコンを刻み出す。

この同居の解消が正式に決まった時、口には出さないものの一番寂しそうにしていたのは優香だ。そしてそれからの彼女は折に触れて何かを考え込むことが多くなった。

もともと四人の中では一番物静かではあったが、最近は特に口数が少ない。

この生活が終わるのが寂しいのもあるかもしれないが、実家に帰るのが憂鬱《ゆううつ》というのもあるかもしれない。実家は息苦しいと優香がぼやいていたのを思い出す。

詳しいことは知らないが、母親の束縛が激しいというのは優香の話の端々から何となく読み取れた。

でもそれ以上に彰士と離れるのが寂しいのかも。

そんな風に考えていると、野菜を洗っていた優香が何ごとかを呟《つぶや》いた。流水の音で聞き逃した千恵美が振り返りながら尋ねると、優香は水を止めた。

「あのさ、私って実は彰士に嫌われてたりするのかな?」

あまりにも唐突な彼女の質問に、千恵美は思わず顔をしかめた。

「は？　はあ？　何、急に？　なんで？　どう考えたらそう思うわけ？」

大きな声を出して率直な疑問をぶつける。彰士が優香を嫌っているなんて、普段の彼の様子を見る限りありえない。何をどうしたらそんな風に感じるのか。

今日の午後も彰士が引越し業者に牽制しているのをリビングで壁越しに聞いていた千恵美は、呆れ交じりに優香を見つめた。

「彰士ってね、私と二人きりになるのを避けてるような気がするんだよね」

優香が困ったように笑う。

その言葉に眉根を寄せ、千恵美は首を傾げた。今日だって引越し業者が帰った後に二人でなにやらぼそぼそ話していたのに。

同じ家に住んでいたのに同じ空間に二人きりになることはほとんどなく、買い出しなども二人では行ったことがない、という優香の言葉に千恵美は驚き目を丸くした。

「えー？　そう？」

全然気づかなかったと答えつつ、先ほど買い出しに出た彰士の後ろ姿を思い出す。

千恵美が気を利かせて「二人で行ってくれば？」と言ったのに、彰士はそれをやんわりと拒否した。特に彰士の態度がおかしかったわけでもないから気にも留めなかったが。

彰士が優香を特別扱いしているのは、二人をよく観察してきた千恵美からすれば明らかだ。征太だって気づいている。

それなのに、その当人が優香を避けるような行動をするなんておかしい。今さら気恥ずかしいなんて年でもないだろう。

「むしろあいつって優香に対しては過保護だと思ってたけど。特別扱い、みたいな……」

呟《つぶや》くようにそう告げると、優香がクスリと笑って征太にも同じことを言われたと答える。

困ったようなその笑顔に、「あんなにわかりやすい態度取ってるのに？」と心の中で尋ねる。

本当に鈍くて気づいていないのか、気づかないふりをしているのか。それとも、さっき言っていた彰士の態度のせいで自信が持てないのか。

優香のその辺りの機微が千恵美にはわからない。

「むしろ仲がいいのは千恵美でしょ。サークルでも二人が付き合ってるっていう噂はずっとあったし」

そう続けられた優香の言葉に、千恵美は「ああ」とうんざりした気分になった。

自分が目立つ容姿をしている上、気も強いので女子受けするタイプではないという自覚はある。

思春期がはじまった頃から、ことあるごとに男からは欲望の目で、女からは妬《ねた》みの目で見られ、あることないこと言いふらされてきたのだから当然といえば当然だ。

大学では彰士狙いの女子に裏で悪口雑言を浴びせられていることは、千恵美の耳にも入っている。まったく気にしていないわけではないが、もうこればっかりは割り切るしかない。

自分の基本的な性格も容姿も、千恵美が選んだり努力して手にしたものではなく、天性のものなのだ。仕方ないとしか言いようがない。

とはいえ、これは自分が恵まれた持っている側の人間だからこその考え方だというのも十分わかっているので、いちいち口にはせず気にしない体《てい》を装ってきた。

「ああ、そんな噂もあったね」

二年になり、大学の教授との噂なども取り沙汰されるようになった頃には女子からの千恵美に対する嫌悪はピークに達し、男子から投げられる好奇の目は痛いほどだった。

「酷いよね、あんな根も葉もない噂」

今にはじまったことではないと告げると、優香は怒ったような口調でそう言った。優香が怒るなんてとても珍しい。それだけ優香が自分のことを大切に思っていてくれていることに、千恵美は嬉しくなった。

教授との噂があった当時も優香だけが信じ、陰ながら擁護《ようご》してくれていたことを千恵美は知っている。

千恵美は優香に対して微笑んだ。感謝と、そして、少しの申し訳ない気持ちを込めて。

優香、あたしは優香が信じるほど綺麗じゃないの。

心の中でそう言って、わずかに目を伏せる。

火のないところに煙は立たないとはよく言ったものだ。

千恵美がC大の教授と過去に関係を持っていたのは事実だったからだ。もちろん、成績のためなどではなく純粋な恋愛感情からの関係だった。

それに、付き合っていたのはその教授の授業を受けていない期間のみだ。

「それにしてもなーんで彰士がモテるかなー。この四年間でそれが最大の謎だったわ」

話を逸らすように言ってみたが、彰士の態度が冷たいのも愛想がないのも表面だけのことだと千恵美はよく知っている。彼は誰よりも優しい男だ。

本当の彰士を知れば、彼に憧れていた女子たちはきっとますます彼に夢中になることだろう。

「顔がいいのは認めるけど」と付け足してから、千恵美はチラリと優香を盗み見る。もうこの際だから聞いてしまおうか。そんな考えが脳裏に浮かぶ。

今まで何となく尋ねてこなかったが、どうせ今夜が最後だ。これほど恋愛話をするのに適した夜はないだろう。

『あの二人が付き合ってもいいの？』

昼間の征太の問いがまた千恵美の頭の中に浮かぶ。ぱちんと頬を叩かれたような気分になり、千恵美は置いていた包丁を手に取った。残りのベーコンをまた刻みはじめる。

付き合っても？　いいに決まっている。むしろ付き合ってくれた方がこちらとしても心残りがなくて済む。いい加減、彰士も優香も自分の気持ちに素直になればいい。

同居を解消する今、もう千恵美や征太に遠慮する必要もない。このままサヨナラしたのでは、二人とも思いを内に秘めたままで終わってしまいそうだ。

そうさせないためにも今夜決着をつけるべきだろう。

そして二人が上手く行けばきっと……

「優香は？　彰士みたいなのはどう？」

思い切って投げかけた千恵美の質問に、優香は少しの間黙り込んでから「どうって？」と聞き返してくる。

何気ない風を装ってはいるものの、聞かれたくないことだったようだ。誤魔化そうとしているのがわかる。

「男としてって意味。どう思ってるのかなって。タイプじゃない？」

答えてくれるだろうか。少なくとも好きな人を明かせるぐらいには仲がいいと千恵美は思っているのだが。

優香はまた考え込んでから、曖昧《あいまい》に首を振った。

絶対に憎からず思っているはずなのに、素直に彰士を好きだとは認めない。なぜこんなに頑ななのだろうか。このままでは話が終わってしまう。焦った千恵美は食いついた。

「じゃあどんな人がタイプ？」

「タイプって……」

その問いに優香が戸惑ったような声を出し、またしても曖昧《あいまい》に笑った。

「何でそんなこと聞くの？　今まで一度も聞いてこなかったじゃん」

確かにその通りだ。けれど……

「最後ぐらい女子らしく恋バナしようっていうね。記念じゃん」

しかし優香はまたしても困った笑顔ではぐらかそうとする。

「じゃあ初恋！　優香の初恋っていつ？　どんな相手？」

話題を少しずらすと、優香は今度は「えー」と呆れた声を上げてまた黙り込む。

まさか初恋がまだということはないだろう。しかし優香はそのまま口を閉ざしてしまった。

そこまで恋愛の話をしたくないのだろうか。そう思って優香を振り返ると、リビングからのそりと征太が顔を出す。

「優香、このピアスって優香の？　部屋に落ちてたけど」

背後からかけられた声に、優香は一瞬ビクリと体を揺らし、青白い顔で振り返った。まるで幽霊でも見たような表情。思わず征太と二人、顔を見合わせる。

「あ、ごめん。ぼーっとしてた」

そう言って笑った優香は気まずそうに視線を床に落とした。

征太がまたしても問いかけるような視線を寄越す。それに首をすくめて応えると、彼は何を言うでもなくリビングの方へ引っ込んだ。

もう一度優香に視線をやると、彼女はもうこちらに背を向けている。

この機会に優香に彰士への気持ちを聞けないかと思ったけれど、これ以上の詮索は無理そうだ。

諦めてまな板に目を戻す。白いまな板の上に散らばった桜色のベーコンを見て、ふと四年前の四月の光景と重なった。

◇◇◇◇

「ねえ、千恵美。あれ紀藤君だよ。このサークルに入るのかな？　紀藤君が入るなら、やっぱり私も入っちゃおうかな」

大学に入学して最初にできた友人が指差した方向を見ると、そこには数人の集団の中に一際目立つ一人の男子学生。

Ｃ大法学部で千恵美と同じ一年生の紀藤彰士だ。入学から一週間。それほど小さくはないＣ大のキャンパスで、彼の名はすでに他学部の女子にまで知られている。

どこか他人を寄せ付けない雰囲気なのに、なぜか目立ってしまう男子。そこにいるだけで強烈な存在感を放っていた彰士は、彼を遠巻きにする女子の間でまるでアイドルのように扱われていた。

「一緒のサークルに入ったら仲良くなれるかも。彼女とかいるのかなー？　どう思う、千恵美？」

どう、と聞かれたところで、喋《しゃべ》ったこともない男子学生のことを千恵美が知るはずもない。

「本人に聞いてみれば？」

千恵美の素っ気ない反応に、彼女は鼻の頭に皺《しわ》を寄せた。

「えー、無理だよ。うちの学部の女子が何人か紀藤君に話しかけたけど、全然相手にされなかったって。超冷たい態度だったらしいよ。でもクールっていうか、媚《こ》びない感じがいいよね」

千恵美は「ふうん」と気のない返事をしながら内心首を傾げた。冷たい人間が好きなのだろうか。優しい人が好きな千恵美には理解できない。

「千恵美も説明会だけだなんて言ってないで、このサークルに入ろうよ。紀藤君もいるし、私も千恵美が一緒なら心強いし」

千恵美の袖を引っ張りながら言った友人に、千恵美は困ったように薄く笑いかける。

夏は海水浴やハイキング、冬はスキーなど季節ごとのスポーツを楽しむという名目の、よくある遊びサークル。

だが同時に、年に数度いろいろな業界から講師を招いて勉強するセッションや合宿を開くなど、学生の就職活動に役立つイベントを企画することもあり、このサークルはなかなかに評判らしい。

しかし千恵美はこのサークルに興味があるわけでも、ましてや紀藤彰士に興味があるわけでもない。一人で説明会に行くのは嫌だと言う友人に義理でついて来ただけだ。

だいたい紀藤彰士がこのサークルに入ると決まったわけではない。噂で聞く限り、彼は周囲にかなり無関心のようだ。サークルに積極的に参加するタイプとは思えない。大方この説明会にも、千恵美と同じく付き合いで出ているだけではないだろうか。

口には出さないものの、そう思いながら千恵美は周囲を見回した。すると千恵美の目に一人の学生の姿が飛び込んできた。

濡れ羽色のショートボブに同じ色の大きな瞳と長いまつげ。白い肌に細い肢体。まるで日本人形のような、どこか静謐《せいひつ》とした空気を纏《まと》った女の子。

派手な容姿ではないのにとても人目を惹く。いかにも無垢《むく》で繊細そうな、男が守りたくなってしまうような子だ。

「わ、綺麗な子。人形みたい」

一歩後ろにいた友人が千恵美の視線の先を追って呟《つぶや》いた。千恵美と同じような感想を抱いたらしい。

千恵美はその言葉に押されたように、ふらりと視線の先の彼女の方へ一歩踏み出した。

サークルに入って二か月。当初サークル活動自体にそれほど興味のなかった千恵美だったが、サークルでの人との出会いは楽しく刺激になり、集まりにはマメに顔を出すようになっていた。

千恵美を最初に説明会に誘った友人は、一か月ほどすると他学部の彼氏ができ、あっさりと彼氏の所属するサークルへ鞍替えした。あれほど紀藤彰士にキャアキャア言っていたのは何だったのかと思うほどの切り替えの早さだ。

しかしそれは千恵美にとって瑣末《さまつ》なことだった。

「千恵美、こっち」

千恵美の通うC大のキャンパスとほぼ隣接しているS大のとある教室で、黒髪のショートボブを揺らしながら人形のような女の子が千恵美に向かって手を振った。

百数十人も入る広い教室を入り口から見回していた千恵美は、それを見ると迷わず彼女のいる窓際の席へと歩き出す。

「他の大学のキャンパスって緊張するね」

言いながら近づくと彼女――鈴浦優香は花が咲いたような可憐な笑顔を見

せた。

「千恵美でも緊張することあるんだね。意外」

「どういう意味よ」

サークルの説明会で優香を一目見た時、千恵美は自分でもなぜかわからないが妙に彼女に惹かれ、すぐに話しかけに行った。

それ以来、優香とは親しい友人付き合いをしている。優香は他の女子と違い、ひっきりなしのゴシップや内容のない恋愛話などをしないから付き合いとしては楽だ。

優香の隣に陣取って席に着くと、千恵美はキョロキョロと教室を見回した。千恵美たちがサークルに入ってから初めて行われる、講師を招いての勉強会。その会場として今回選ばれたのが、優香が通うS大だった。

教室の中にはサークルで見慣れた顔がチラホラ見える。千恵美と同じC大の学生もいる。ふと、さっきまで千恵美が立っていた教室の入り口に目を向けると、見覚えのある茶髪の男子学生が現れた。

あいつも来たのか。

彼が入り口に程近い後ろの方の席に座るのを見届けると、千恵美は視線を前に戻した。同じ大学、同じ学部で授業もいくつか同じものを取っているが、千恵美はまだ彼と話したことはない。

千恵美が横に座る優香を盗み見ると、彼女は少し振り返って先ほどまで千恵美が視線をやっていた先を見つめている。

やっぱりね、という言葉が口から出てしまいそうになり、慌てて口元に手を持っていく。

優香の視線の先にいるのは紀藤彰士だ。どうやら彼女は彼のことが気になっているらしい。

そのことに気づいたのは一月《ひとつき》ほど前のことだ。優香がどこか一点を見つめている時、その視線の先を追うと必ずと言っていいほど彰士の姿がある。

優香が彼と話しているのを見たことはない。ということは、これは優香の秘めやかな恋だろう。サークル内では彰士に憧れている女子が多い。

何だ、優香も普通の女の子だったのか。

なぜか優香を特別視していた千恵美は、そのことに気づいた時、正直がっかりした。

「仙堂さん、これ。前言ってた本」

声をかけられ振り向くと、目の前に本が差し出されていた。

視線を上げると、立っていたのは佐藤征太。新歓の飲み会でたまたま隣に座ったのが縁で話すようになった、H大の学生だ。

「ああ、ありがとう。本当にいいの？　先に借りちゃって」

「うん。俺はまだ他に読んでる本あるし。でも借りパクしないでね」

細い目をさらに細め口角をニヤリと上げると、彼は千恵美に本を渡してのっそのっそとその巨体を揺らしながら前の方の席へ歩いていく。

彼の後ろ姿を目で追っていると、彼が合流した男子の集団が千恵美の方をチラチラと見て何やら囁《ささや》き合い、征太を小突くのが見えた。その中の数人は普段から千恵美を意識しているのが見え見えの連中だ。

対する征太は彼らを軽くあしらっている。

「何の本？」

優香が横から千恵美の手元に残された本を覗《のぞ》き込んだ。

「心理学の本」

「心理学に興味があるの？」

「うん。別に専門的に勉強したいほどじゃないんだけどね。読み物として面白いの」

そう言って、手元の本をパラパラめくる。千恵美が読むのは学術的すぎない軽い本ばかりで、この本は特に自殺とその心理に関して書かれた本だった。

征太はH大で心理学を専攻しているため、心理学系の本をたくさん持っている。そういう意味で彼とは話が合ったし、本の貸し借りもよくしていた。

彼女を作りたくてギラギラしている他の男子学生と違い、千恵美に女としての興味を抱いていなさそうなところも、征太と話していて気が楽な部分だ。

「見てもいい？」

優香が興味深そうに本に手を伸ばし数ページめくる。彼女のその横顔を見ていた時、ふと後ろから視線を感じて千恵美は振り返った。

瞬間、頬杖をついてこちらを見つめる彰士と目が合う。

あたしを見てる？　それとも……

「難しい本だね」

優香が言いながら本を閉じたのと、彰士がこちらから目を逸らしたのは同時だった。

サークルの勉強会で彰士の視線を感じて以来、千恵美は彰士をそれとなく観察するようになった。

そこで気づいたのは、優香が彰士を目で追っているように、彰士もまた優香を目で追っているという事実だ。

この二人は両思いかもしれない、と千恵美は直感した。

しかし大人しい優香は、用がない限り自ら男子に話しかけるタイプではない。彰士にしたって女子に気軽に声をかけるタイプではないので、進展しなそうだった。

かといって、相談されたわけでもないのに人の恋愛に首を突っ込むのもどうだろうか。

そう思いつつ、サークルの女子との話の流れで優香になんとなく恋愛話を仕向けてみたこともあった。だが、「好きな人も気になる人も特にいない」というつれない答えだけで、優香の口から彰士の名前が出ることは一度もなかった。

勝手にいろいろ悩みながら二人を観察し続けた千恵美は、もう一つおかしなことに気づいた。

二人は決して目を合わせない。どちらも相手が自分の方を見ていない時にしか視線を送らない。まるで決して気づかれまいとしているかのように。

だが二人が互いを意識しているのは、第三者の千恵美には明らかだ。

自分の恋心を下手に知られたくないだけ？

そんな風にも思ったが、二人の間にはそれ以上の何かがあるような気がした。

しかし優香の前で何度彰士の名前を出してみても、彼女は特に反応を示さない。千恵美は自分でもわけもわからず意地になった。

どうしても二人の奇妙な関係を暴きたい。そして千恵美はとうとう彰士に話しかけたのだ。

大学入学から二か月半ほどして初めてまともに言葉を交わした彰士は、想像や噂とは違い、ごくごく普通の十九の男子だった。

女子の間ではクールだと噂されていた彼は、実際には少しばかり粗雑で率直なだけだ。良く言えば裏表がない、悪く言えば子どもっぽい。

そうとわかると彼にぐっと親近感が湧いた。今まで画面の向こうの興味のない芸能人ぐらいの感覚で眺めていた人間が、急に血の通った身近な男になった気がしたのだ。

優香と彼の関係を探るためだけに近づいたはずだったのに、千恵美は当初の目的もそこそこに彰士と着実に友情を築いていった。

彰士はなぜか、他の女子にするように千恵美を邪険に扱うことはなかった。二人で課題をしたり、プレゼンのチームを組んだりと自然と一緒に過ごす時間が多くなり、ケンカをしながらも気の許せる友人同士になるのに時間はかからなかった。

急速に近づく二人の関係をやっかみ、千恵美を目の敵《かたき》にする女子も多くいたが、そんなことはどうでも良かった。

彰士といるのは楽だ。彼が殊更に言いたいことをはっきり言う素直な性格だったからだろう。

「あたしたち、付き合おうか?」

夏休み直前のテスト勉強中、真向かいで授業のノートを見直していた彰士に向かって言ったその一言は、ほんの出来心だった。

断られるのはわかりきっていたし、そうなったら冗談で流すつもりだった。ただこの男がこういった話にどういう反応をするのか興味があったのだ。

彰士は顔を上げてしばらく無表情に千恵美を見つめると、ノートに目を戻した。

「いいよ」

彰士の口から出たその答えに驚いたのは千恵美の方だ。思わず「えっ」と声を上げると、彰士がすかさず「えって何だよ」と不満顔を千恵美に向ける。

「いや、なんかさ。いいの? あたしで?」

優香のこと好きなんじゃないの?

言いかけた言葉を呑み込む。彰士は「自分から言っといて何だよ、それ」と呆れてから視線をあらぬ方向へやった。彼の手の中でシャープペンがクルクル踊っている。

「千恵美といると楽しいし、楽だよ、俺は」

　こともなげにそう言った彰士に、千恵美はポカンと口を開けた。

　そんな理由で？　そんなことだけで付き合うの？

　そう思ったが、よく考えれば自分だってそれまで男と付き合う時はそんな理由だった。

　少女マンガやドラマで描かれる甘酸っぱくてキュンキュンするような恋愛なんて、千恵美には縁がない。

　その人といると楽だから。その人なら心から好きになれそうだから。付き合う理由はそれで十分だった。

　結局心から好きになれる男には巡り会えなかったけど、それなりに楽しくやってきた。

「ああ、そっか……」

　妙に納得して視線を手元の教科書に落とす。千恵美も彰士と一緒にいるのは楽しいし、楽だ。彰士と本当に好き同士になれたらきっと幸せだ。

　彰士の怪訝そうな視線を正面から感じる。

ごめん、優香。

一度だけぎゅっと目をつぶって心の中で呟《つぶや》き、千恵美は顔を正面へと向けた。


大学一年の夏は千恵美にとって忘れられない夏になった。

高校時代の友人と国内旅行に行き、キャンギャルなどの短期のバイトをいくつかこなし、サークルの合宿でプログラムの一つを企画担当し、一期に取っていた教授の地方講演会にアシスタントとして付いて行く。

高校の時よりも長い大学の初めての夏休みを、千恵美は存分に満喫した。

そして大学入学以来初めてできた彼氏と過ごしたのもこの夏だ。たったひと夏の思い出だが、今まで付き合ったどの人よりも印象的で優しい男だった。

「次、どれ見る？」

DVDプレーヤーから取り出したディスクを手に振り返ると、彰士が積まれたパッケージの中から一つのタイトルを千恵美の方へ差し出す。差し出されたパッケージを見て千恵美は口をへの字に曲げた。

「またSF？　何で男ってSF好きなの？」

以前付き合っていた彼氏も映画を見に行くとなると、ＳＦものばかりを見たがった。

ＳＦには男のロマンが詰まってるなどと熱く語られたが、現実味の欠片《かけら》もない空想話に詰められたロマンに感動できるほど千恵美の頭はおめでたくない。

「じゃあ俺にばっかり選ばせないで自分で選べよ」

彰士が面倒くさそうにベッドの脇に積まれたパッケージの山を指差す。言われた通り、いくつかのパッケージを吟味しはじめた。

彰士とのデートはもっぱら千恵美が一人暮らしするアパートでの映画鑑賞だ。夏休み直前から付き合いはじめ、最初の一か月は外へデートに行ってみたりもしたが、特に共通の趣味がない二人ではデート場所を選ぶだけでも気疲れしてしまった。

映画なら毎週のように新しいものが封切りされるから二人のデートコースとしては最適だが、毎回映画館へ行くのはお金がもったいない。

それならＤＶＤを借りて部屋で見る方が金銭的にも楽だということになったのだ。こういう合理的なところも彰士といると楽な理由の一つだ。

そして九月の中旬まで続く長い夏休みも終わりに近づいた最近は、会うたびにただ寄り添い合って映画鑑賞に興じた。これなら言葉を交わすのも最低限で済む。

「これ」

千恵美が一つのパッケージを手にする。飲みかけの缶ビールを呷《あお》っていた彰士はそれを一瞥《いちべつ》して軽く眉を上げると短く息を吐いた。

千恵美の好きな、彰士の嫌いなラブロマンス系の映画。有無を言わさずプレーヤーにディスクをつっこむ。

彰士はコーヒーテーブルにビール缶を置くと、何も言わずにベッドの上に座り直す。そしてテレビ画面をつまらなそうに見つめた。

千恵美は彰士と同じようにベッドに座ると、そっと隣の彰士の手を握る。

アパートの外の蝉《せみ》の鳴き声が妙に耳に付く。

千恵美はリモコンを手にすると音量を少し上げた。彰士の手が千恵美の手を少しだけ強く握り返した。

テレビから安っぽいラブソングとエンドロールが流れはじめる。

二時間弱のラブロマンスはどこかで見たことがあるような内容だった。一組の男女が出会い、惹かれ合い、いろいろな障害を乗り越え、最後はハッピーエンド。真新しい要素なんて何もない。

ずいっと横から差し出されたティッシュボックスに驚いて彰士を見ると、彼は無表情にテレビ画面を見ている。

「何？」

差し出されるままティッシュボックスを受け取ると、「涙拭けば？」と無愛想な答え。そこでようやく自分が泣いていたことに気づいて、千恵美は慌ててティッシュで涙を拭った。

大して感動するような内容ではなかった。陳腐《ちんぷ》な設定に陳腐《ちんぷ》な台詞《せりふ》、ありあわせの材料で作ったパスタみたいなもの。それでもその映画は千恵美の心にグサリと刺さっていた。

「何で泣いてんだろうね、あたし」

誤魔化すように笑いながら言うと、彰士は黙って優しく千恵美の頭を撫でた。

彼は相手の弱い気持ちを決して馬鹿にしない。人それぞれ感動するものや傷つくものが違うことを知っている。周りに与える表面的な印象とは違い、心根はすごく優しい男なのだ。

彰士の優しさに触れて、千恵美の止まりかけていた涙がまた溢れた。視界に映っていたコーヒーテーブルの上のビール缶がぐにゃりと曲がる。

さっきより激しくむせび泣きながら、千恵美は彰士に手を伸ばした。彰士はその手を取ると千恵美を優しく引き寄せる。エアコンが効きすぎた部屋で彰士の体温が心地いい。

「彰士、何であたしと付き合ってもいいって言ったの？」

彰士の腕の中で嗚咽《おえつ》交じりに尋ねると、彰士の体がピクリと反応する。

「ねえ、なんで？　なんであたしと付き合ったの？　断れば良かったのに……」

千恵美はあの陳腐《ちんぷ》な映画の中のヒロインが羨《うらや》ましくて仕方なかった。

心から好きになれる人と出会い、互いに惹かれ合い、障害はあっても信じあってそれを乗り越え、明るい未来を切り開く。それは千恵美が体験したことのない絆と愛情の物語。

千恵美が彰士との間に欲しかったのはあの絆だ。優香の気持ちに気づきながら、彼女を裏切ってまでこの優しい男から手に入れたかったのは、あの確固とした愛情だ。

子どものように泣きじゃくりながら腕の中で彰士の言葉を待つ。しばらくすると彰士は重たげに口を開いた。

「千恵美のことなら好きになれると思った。なれたら幸せだと思った。けど……」

濁《にご》されたその先に続く言葉が痛いほどわかり、千恵美は目を閉じた。

あなたはあたしを好きになれなかったのね。

彰士の千恵美を抱く腕の力が強まる。千恵美もそれに応えるように自分の腕に力を込めた。

「……千恵美も、好きなのは俺じゃないだろ？」

彰士が躊躇《ためら》いながら、しかしはっきりと口にした言葉に、ヒクッとしゃっくりのような音を出して千恵美の呼吸が落ち着いた。

急激に感情の昂りが冷めていく。少しだけ彰士から距離を取った。彼の端整な顔が悲しげに千恵美の顔を見つめている。

そう、そうだ。彰士の言う通り。自分たちは互いにこれっぽっちも恋愛感情を抱いていない。きっとこの先どれだけ二人で同じ時間を共有しても、好き同士にはなれない。

一緒に過ごした数か月、だんだんと強まるその予感に空しさを感じ、互いに言葉数が少なくなった。それが寂しくて仕方なく、その空白を埋めるようにただ寄り添い合った。

「じゃあ、別れようか」

口をついて出た言葉に彰士が黙ってうなずいた。千恵美の瞳からまた一つ涙がこぼれた。

彰士がもう一度千恵美を抱き寄せる。

どうしてこんなに優しい人を好きになれないのだろうか。この人と好き同士になりたかった。そうしたらどれだけ幸せになれたか。

心の中で呟《つぶや》いて彰士の胸の中で目を閉じる。

「ごめん」

千恵美の耳元で囁《ささや》かれた言葉に、彰士のせいじゃない、と千恵美はただ首を振って答えた。好きになれなかったのは千恵美も同じだ。

「――――」

最後に彰士が消え入りそうな声で囁《ささや》いた言葉に、千恵美はただ無言を貫いた。

アパートの外から聞こえる蝉《せみ》の声が耳に響く。

こうして千恵美と彰士の大学一年の夏は終わった。

◇◇◇◇

優香が固まったまま千恵美を見つめている。普段から大きな目が今にもこぼれ落ちそうだ。

征太もまた、普段は細い目を精一杯見開いて千恵美と彰士を見比べた。

彰士は一瞬顔色を変えたが、その後は少しむすっとした表情になる。

『一年の時の話なんだけど。あたし、彰士と付き合ってたんだ』

暴露会の一番手として千恵美が放った秘密は、聞き手を大いに驚かせるのに十分な威力を発揮したようだ。満足げに三人を見回していると、彰士が口を開いた。

「お前なあ……」

彰士の言葉を遮《さえぎ》り、千恵美はすかさず誤魔化すように明るく笑った。

「いいじゃん。もうだいぶ前のことだし。時効でしょ」

彰士は呆れたような顔をしながら口を噤《つぐ》んだ後、ちらりと優香に目をやった。やはり優香の様子が気になるようだ。千恵美もまた優香を見る。

ショックを受けたかな、傷ついちゃったかな。

そう思いながら見ていると、彼女は視線を落として細く長く息を吐いた。

「びっくりしたあ」

彼女のその言葉にはいろいろな思いが込められているようだった。ただ千恵美が予想したようなショックや怒り、悲しみは感じられない。本当に純粋にその事実に驚いているだけに見える。

「おどれーた」

征太もおどけたように言ったが、その表情は硬い。

千恵美は彰士との関係を、付き合っていた当時も別れた後も誰にも言ったことはなかった。彰士のファンが面倒だったというのもあるが、それ以上に優香に対する罪悪感が大きかった。

だから彰士にも口止めした。「あんたのファンがうざいから」と理由を話すと、彰士は変な顔をしたが何も言わずに了承してくれた。

もっとも口止めなどしなくても、彼は自分の交際関係についてぺらぺら他人に話すような人間ではなかっただろうが。

「付き合ってたって言っても一年の夏の間だけだったから。二期がはじまる頃には別れてたし」

優香をチラリと見るが、やはり彼女がショックを受けている様子はない。

「でも何で別れたの？」

それどころか優香は身を乗り出すようにして質問してきた。彼女が恋愛の話にこんなに積極的に乗ってくるのは珍しい。

それほどショックを受けなかったにしても、やはり彰士のことが気になっているのだろうか。

「うーん、まあ、友達のままがいいねって話になったのよね。付き合っててもなんか友達の延長のままだったっていうか。付き合う前も付き合ってからも関係がほとんど変わらなくてさ。いつも通り一緒に課題やったり、いつも通り冗談言い合ったり……」

「いつも通りケンカしたり？」

言を継いだ征太に「ふふふ」と笑ってうなずく。

「これじゃあ付き合ってる意味ないねってなって。ね？」

彰士に同意を求めると彼は「そうそう」と話を合わせてから、意味ありげに千恵美に目配せした。彼の口の端がうっすら笑っている。

本当のところは違うのだが、それは千恵美と彰士だけの思い出だ。千恵美はこの思い出を他の誰かと共有するつもりはない。おそらくそれは彰士も同じだろう。

優香は「そうなんだあ」と妙に感心したような声を出すと、一人でうんうんとうなずいている。千恵美はそんな彼女を今度は不思議な気持ちで眺めた。

好きな男が、たとえ過去の話だったとしても自分の友人と付き合っていたと知ったら、普通はショックを受けるものではないだろうか。

別に優香を傷つけたかったわけではないが、それにしても優香の反応はあまりにも淡白だ。

「いきなりの爆弾だったなあ」

征太がため息交じりに言う。

爆弾。そうこれは爆弾だ。優香と彰士の関係を変えるための爆弾。二人の関係を推し進めるための起爆剤。多少の傷がついても、それで前に進むなら。

傷つけたくないと思いながら優香が傷つくことを予想していた自分は、やはり彼女をこの爆弾で傷つけたかったのだろうか。

「しっかし、千恵美と彰士がねえ……。想像つかない」

「別に想像しなくていいわよ。どうせもう終わってるんだし」

征太に手を振って言うと、優香がおかしそうに笑った。

「でも私はお似合いだと思うな。美男美女で」

そう言った優香の顔を千恵美は思わずマジマジと見つめる。征太が一瞬だけ息を詰まらせたのが聞こえた。

本気で言っているのだろうか。それともただの強がりなのだろうか。

おそるおそる彰士を振り返ると、彼は悲しげな目をして苦笑した。千恵美の胸がズキリと痛む。

悲しげな目。あの時の目。千恵美と彰士が別れたあの夏、千恵美のアパートで彼が千恵美に向けた、あの悲しげな目。

「付き合ってたならその時に言ってくれれば良かったのに」

呑気にそう言った優香に無性に腹が立つ。

あんたはずっと彰士のことが好きだったんじゃないの？

出そうになる言葉を腹の奥底にしまい込む。そんなことを言われるのも腹を立てられるのも、優香にしてみればお門違いだ。

だいたい優香の気持ちを知りながらこんな暴露をしたのは千恵美だ。怒っていいのはむしろ優香の方だろう。

そう思うのに、屈託のない彼女の笑顔が気に障る。そしてわからなくなる。

優香の気持ちがどこにあるのかわからない。

彼女は彰士のことが好きだったのではないのだろうか。たとえ違ったとしても、なぜこの子は気づかないのだろう。

いや、気づかないふりをしているのだろうか。彰士の気持ちに。

混乱した頭のまま千恵美はテーブルの上に目を落とした。無意識に新しいビールの缶に手を伸ばしプルタブを開ける。ビール。彰士の好きなメーカーのビール。

冷蔵庫を開けてそこに残されたビールを見つめていた優香の切なげな瞳を思い出す。

『私って実は彰士に嫌われてたりするのかな?』

キッチンで野菜を洗いながらもの悲しげにそう言った優香。

嫌われているわけがない。そんなのは誰の目から見ても明らかだ。

サークルの中では千恵美以上に優香を目の敵《かたき》にする彰士ファンも多かった。

一緒に住むようになってから、彰士が優香を千恵美よりも構うようになったからだ。

目ざとい女子がその変化に気づかないわけがない。

気づいていないわけがない。

グルグルと頭の中で回る、やり場のない混乱とも怒りともつかない感情から目を逸らすように軽く頭を振ると、彰士の悲しげな目が自分に向けられていることに気がついた。

この男はどうだろうか。この男はどこまで気づいているのだろうか。いや、この男は気づいている。全部気づいている。

彰士の悲しげな目を見ながら、千恵美の心が一瞬にして大学一年の夏に引き戻された。

陳腐《ちんぷ》なラブロマンス映画のエンドロール。テレビのスピーカーから流れる安っぽいラブソング。

『――だろ？』

あの時、あの別れの瞬間、彰士は消え入りそうな声で囁《ささや》いた。エアコンの効きすぎたあの部屋で。コーヒーテーブルの上のぐにゃりと曲がったビール缶。彰士の悲しげな目が千恵美を見つめている。

『お前が――――優香だろ？』

千恵美の耳に、今の時期にはまだ早い蝉《せみ》の鳴き声が聞こえる。耳元で再生されるあの時の彰士の声がだんだんと近づいてくる。

『お前が好きなのは優香だろ？』

彰士はそう言った。千恵美を腕に抱きながら、千恵美の耳元で、千恵美を気遣うように、消え入りそうな声でそう言った。千恵美は答えなかった。

千恵美はゆっくりと目を閉じた。視界から彰士の悲しげな目が消える。それでも視線ははっきりと感じる。

この男は気づいている。千恵美がムキになって彼と優香の関係を暴きたかったた、その理由に。優香と二人きりの時に千恵美があえて恋愛話を避けてきた、その理由に。


四月。桜吹雪の吹きすさぶ中、千恵美は優香と出会った。それはまるで雷に打たれたような衝撃。いかにも無垢《むく》で繊細そうな女の子。

あれが、あれこそが千恵美が憧れる姿そのもの。激しい羨望《せんぼう》と少しの嫉妬が、千恵美の胸の中に静かにシミのように広がっていく。

あの時、あの瞬間から、千恵美は彼女から目が離せなくなった。


「付き合ってたこと秘密にしてたのには理由があるの?」

優香の無邪気な声が耳元で聞こえる。振り返ると、彼女は目をきらきらさせてまっすぐに千恵美を見つめていた。

まるで不浄を知らない黒目がちなその瞳に、千恵美の胸の奥が再び焼け付くように痛む。

この子はなぜ気づかないのだろうか。

彰士の気持ちに。

あたしの気持ちに。

征太

仙堂千恵美という女は、本人や周りが思っているほど強くもなければ器用でもない。

好奇心旺盛で行動力があり、サバサバとしていて奔放な物言いをする女。こう表現すると、バリバリのキャリアウーマンを思い浮かべる人間も多いだろう。千恵美はまさにそういうタイプだ。

自らの心に鎧兜《よろいかぶと》を常に身につけ、対外用の仮面をしっかりと顔に嵌《は》めて人に接する女。

愚痴は言えど弱音はほとんど吐かない。自他共に認める世話焼きで男勝りな性格のせいで周囲から頼られることが多い。

こういうタイプは得てして愛されたいという隠れた欲求が強い。でもそれを素直に表現できないから、周囲から依存されることによって自分の存在価値を見出そうとする。

そして自分でそれを望んでいながら、頼られすぎることを煩《わずら》わしくも思うという、ややこしくて面倒くさい女。

征太は、当初そんな風に一歩引いた目で千恵美を見ていた。

サークルの新歓飲み会で隣に座った千恵美は、最初から気負うことなく征太に話しかけてきた。

男慣れしているな、というのが彼女の第一印象だ。

遊び慣れているという意味ではなく、恋愛抜きでの男との気楽な付き合い方を知っているという意味だ。

長年付き合ううちに彼女の男に対するその自然な振る舞いが、父子家庭の中で培《つちか》われたものだとわかり妙に納得したのを覚えている。

ただ二十歳前後の男子というのは、そういう付き合い方を覚えるには些《いささ》か早すぎる年頃だ。さらにそういう付き合いをする相手として、千恵美は少し美人すぎた。

結果、大学一年の前半は、彼女が気楽に話しかけることによって勘違いする男がサークル内で量産された時期でもあった。

当たり前だ。何せ、自分とは不釣り合いだと思うような美人が屈託のない笑顔で話しかけてくるのだ。「そんなわけないけど、もしかしたら」と考えてしまうのが悲しい男の性《さが》。

そうして千恵美は一部の女子の反感を買った。こういうところが、彼女が不器用だと思う部分だ。もっと上手く立ち回る方法はいくらでもあるのに、彼女はそれを選ばない。

征太はというと、他の男子と違い千恵美に親しく話しかけられても勘違いすることはなかった。理由は単純。千恵美が自分の好きなタイプとは違ったからだ。

それは彼女に伝わっていたようで、他の男と話す時より征太と話す時の方が気楽だと、千恵美が口にしたこともある。

モテる女というのも大変だな、と妙な感想を抱いた。それと同時に、他の女の子が聞いたら怒り狂いそうな発言だとも思った。

自分の思ったことをはっきり言うという意味で彼女は素直なのかもしれない

が、周りに対する思いやりがないのだ。

そんな印象がガラリと変わったのは、二年の冬の終わり。以前の飲み会で持ち上がった、四人でのシェアハウス計画が現実になろうとしていた寒い日だった。

◇◇◇◇

女性の怒鳴り声が聞こえて、征太はビクリとその場で立ち止まった。時は夕暮れ。空はもうほとんど暗くなっている。通りかかった民家からは夕餉《ゆうげ》の香りが漂《ただよ》ってきていた。

女性の声は断続的に聞こえてくる。どうやら征太が進む、その先からだ。

いやだな、変なことに巻き込まれたくないんだけど。

思いながら、少し進んで曲がろうとしていた角をひょいと覗《のぞ》き込む。

すると、離れたところで一組の男女が言い争いをしているのが見えた。

痴話ゲンカのようだが、叫び声を上げているのは女性の方だけで男性は落ち着いた様子だ。

角から顔を引っ込めて、さて、どうするかと悩む。

今日は親に「たまには夕飯でも食べに実家に帰ってこい」と言われている。

久しぶりの母親の手料理もいいかと思って承諾したのだが、親が征太を呼びたい本当の理由は、もうすぐ受験を控える妹にあるらしい。

年末に彼氏ができたとかで志望大学の一次試験にまんまと落ち、もう多くの受験生が受験を終えている中、二次試験に備えなければいけない妹をみてやってくれと言うのだ。

まあこれも兄の義務かと自分に言い聞かせ、そう遠くもない実家へ向かうところだった。

駅に出るには、この道を通らなければかなり遠回りになる。寒いし、お腹も空いているし、疲れているので、あまり歩き回りたくはない。

だがあのカップルの横を通って下手に巻き込まれるのもご免だ。

そんなことを思っていると、女性の声が耳に飛び込んできた。

「いい加減にして！　もう付きまとわないでよ！　あんたとは終わったの！」

その声に聞き覚えがあることに気づき、征太はもう一度角からこっそりと顔を覗《のぞ》かせた。

暗がりの中よく目を凝らして見る。背広を着た男性の後ろ姿の向こうには、見覚えのあるモデルのような美人。

千恵美だ。

彼女の姿を確認すると征太は一つ頭をかいた。どうやら別れ話がこじれているらしい。

しばし逡巡してから、征太は二人が口論するその通りへと歩を進めた。先に千恵美が征太の存在に気づいてハッとした顔をする。

「千恵美？　何してんだ？」

とぼけたような声で千恵美に話しかけると、征太に背を向けていた背広の男性が振り向いた。

その顔を見て征太は少しドキリとする。征太が予想していたよりも男性が年を取っていたからだ。千恵美の父親と言われても納得できそうな年代の中年男。

あれ、もしかして父親か？　ただの親子ゲンカだったか？

一瞬そう思ったが、それでは千恵美の先ほどの言葉と矛盾する。

そして瞬時にサークル内に流れる噂を思い出した。千恵美が大学の教授とデキているという噂だ。

まさか、本当だったのか。

驚き半分、呆れ半分で歩を進めると、千恵美が縋《すが》るような目で征太を見た。いつもの強気の彼女ではない。明らかに怯えている様子だ。

「……君は？」

中年男がメガネを押し上げて、目の前に立った征太を睨みつけた。語調は穏やかだが、目は明らかに怒気をはらんでいる。

「千恵美のサークル仲間ですけど」

征太は平静を装って答えながら、ゆっくりと千恵美の方へ回り込む。中年男が口の中でチッと舌打ちするのが聞こえた。

「彼女に何かご用ですか？　何か気に障ることでも？」

征太の服の裾を、後ろから千恵美が緩く掴んだ。その手が少し震えている。

励ますようにその手に自分の手を重ねた。

「君には関係のないことだ」

中年男は先ほどよりも苛立った様子で言い捨てた。

「悪いが邪魔をしないでくれ。私は彼女ともう一度話し合う必要がある」

冷静な振りをしているが、実際にはかなり頭に血が上っているようだ。

「話すことなんて何もないわよ」

手は相変わらず震えているのに、毅然とした声音で千恵美が言い放った。中年男がジロリと千恵美を睨む。

このまま二人きりにすると千恵美が危ない。そう判断して、征太は千恵美を背に一歩中年男から下がった。

「そこをどきたまえ」

ムッとした中年男が一歩踏み出す。

「いやあ、そういうわけにはいきません」

ヘラリと笑って片手を中年男の方へ突き出す。中年男は、今度は隠す様子もなく忌々しげに舌打ちした。

「何なんだ君は！　私たちのことは君には関係ないだろう！　そこをどきたま

え！」

口から唾を飛ばしながら中年男が征太に向かって怒鳴った。メガネの奥の目が血走っている。

「いやあ、関係ないことも、ないかなあ、なあんて」

ヘラヘラした笑顔のまま征太が言うと、中年男は「なんだと？」と憤懣《ふんまん》やるかたなく声を荒らげた。

征太は背中に冷や汗をかきながら、意を決して後ろに隠れている千恵美を自分の横に引き出し彼女の肩を抱く。

「俺たち、これから一緒に暮らすんで、こいつに何かあったら困るんですよね」

中年男がカッと目を見開いた。征太は決して嘘はついていない。まだ少し先だが、年度明けから千恵美と一つ屋根の下で暮らしはじめるのは本当だ。引越しの準備も着々と進めている。ただ二人きりで暮らすわけではないのだが。

中年男はしばらくその場で固まった後、わなわなと震え出した。

激高するかもしれない、と征太は覚悟を決めたのだが、その覚悟はむなしく裏切られる。中年男が踵《きびす》を返して歩き去ったのだ。

彼が去り際に吐いた「売女《ばいた》が」という捨て台詞《ぜりふ》が矢のように飛んでくる。

気がつけば、腕の中の千恵美の肩が細かく震えていた。

「えっと、ごめん。なんか……」

千恵美の肩をぎこちなく離しながら謝る。別に征太が悪いわけではないのに、他にかける言葉が見つからない。

泣き出されたらどうしよう。そんなことをぐずぐず考えていると、千恵美がパッと顔を上げて征太に笑いかけた。

「何で征太が謝るの？　むしろ助かったよ！　ありがとう」

目尻に涙を溜めながらも気丈に振る舞う千恵美に、征太は少なからずショックを受けた。

普通だったら泣き出すようなこの状況でも、彼女は他人に気を使って笑うことができるのだ。

「じゃ、ホントにありがとね」

そう言って立ち去ろうとした彼女を慌てて呼び止めた理由は、征太自身もよくわからない。

「千恵美！　うち、来ない？」

何も考えずに発した言葉に、自分でも呆れて口が変な形に曲がる。

そんな征太に振り返った千恵美も、負けず劣らず間抜けな表情で首を傾げた。

久々に帰った実家で征太を最初に出迎えたのは、二つ下の妹の芽衣子《めいこ》だった。

征太が玄関に入ると、家を出ようとしていた芽衣子と鉢合わせしたのだ。

征太の顔を見て「ヤバい」という顔をした妹は、すぐに征太の背後を見てあんぐりと口を開いた。

「お、お、お母さーん！　お兄が彼女連れて帰ってきたー！　しかもめっちゃ美人！」

次の瞬間、家の奥に向かって大声を出した芽衣子の後頭部を征太は軽くはたく。

「うるさい。最初におかえりぐらい言えよ」

「だって！」

はたかれた後頭部を手で押さえながら振り返った妹に嘆息すると、征太の後ろで控えめな笑い声が聞こえた。

「賑やかね」

ちらりと振り返ると、目が合った千恵美が囁《ささや》くように言って口元を手で押さえる。

興味津々の芽衣子は履きかけのスニーカーをそのままに、千恵美に一歩近づいた。

「こんにちは。このバカ兄の妹で芽衣子です」

少しはにかんだ笑顔で言った妹に、千恵美は穏やかに笑い返す。

「仙堂千恵美です。よろしく」

千恵美から向けられた笑顔に、「ほえー」と芽衣子が間抜けな声を出した。

「言っとくけど、彼女じゃなくてサークル仲間だから」

言ってみるが、芽衣子の耳には届いていないようだ。そこに、奥から征太の母が顔を出す。

「あらあらまあ。いらっしゃい。どうぞ、上がってちょうだい。汚いとこだけど」

前掛けで手を拭きながら小走りにやって来た母は、千恵美を見て顔を上気させた。

「突然押し掛けてしまいすみません。仙堂千恵美です。よろしくお願いします」

千恵美が丁寧にお辞儀すると、母親は慌てて「まあまあご丁寧に。この愚息の母です」と米つきバッタのようにへこへこ頭を下げる。

「あんたも彼女さん連れてくるなら事前に言っといてくれれば良いのに。何の準備もできなかったじゃない」

非難がましく征太を見た母に「彼女じゃなくて友達」と訂正したが、こちらも耳に入っていないようだ。「ほら、荷物持ってあげなさいよ。気が利かないわね」と千恵美が抱えていた鞄をひったくると、それを征太に押しつけ芽衣子と二人でうやうやしく千恵美をエスコートする。

二人の浮かれ具合を見て、やっぱり事前に女友達を連れ帰るなんて言わなくて正解だったと征太は思った。

言っていたらこの二人はパーティークラッカーにケーキぐらいは用意して待ち構えていたに違いない。

「すみません。お邪魔します」

少しよそ行きの声の千恵美が家に上がりながら、征太に戸惑いがちな目配せをした。征太も千恵美の鞄を持って三人に続く。

「ほら、あなた。征太の彼女さん。あいさつ、あいさつ」

居間に入るなりテレビの前を陣取っていた父に母が声をかける。

父は明らかに動揺した様子で「い、い、いらっしゃい」と声をうわずらせた。

父の手は座卓の上の新聞を広げたり畳んだり、意味のない行動を繰り返している。

「だから彼女じゃないって」

何度目かになる訂正がむなしく部屋に響く。

「ええっと、千恵美さんは何かアレルギーとか好き嫌いとかあるかしら？　今日は唐揚げなのよ。嫌だわ。千恵美さんがいらっしゃるって知ってたらもっと洒落《しゃれ》たもの用意したのに」

「ビーフストロガノフとかね」

芽衣子の横やりに「うちでそんなもん出たことないじゃん」と呟《つぶや》く。別に婚約者を連れて来たわけでもないのに、みんな浮かれすぎだ。

「何でも食べられます。唐揚げ大好きです」

答えた千恵美に母は満足そうに笑った。


「あら、まあ、それは大変だったわねえ」

実家に帰る途中に、変質者に付け回される千恵美と行き会ったので助けた。食卓を囲みながら千恵美を連れ帰った経緯をそんな風に説明してやると、征太の母は眉をハの字にして千恵美を見つめた。

もちろん相手の男が千恵美の元カレであるとか、ましてやC大の教授だろうなどということはわざわざ言わない。

「最近は物騒だからな。女の子の一人暮らしは心細いんじゃないかい？」

先ほどより落ち着いた父は、気遣わしげに千恵美に語りかける。

千恵美は「はあ、まあ」と曖昧《あいまい》にうなずいた。事情が事情なだけに、ここまで気の毒がられるのも気が引けるのだろう。

「あんたも気をつけなさいよ。最近は本当に変な人って多いんだからね。特に夜に出歩くなんてやめなさいよね」

　母が芽衣子に目を向けると、芽衣子はぺろりと舌を出す。

「私は大丈夫よー。ケンちゃんが守ってくれるもーん」

「ケンちゃん」の名前が出た途端に、父が仏頂面になった。

「そういえば芽衣子。お前、さっきどっか出かけるんじゃなかったのか？」

　玄関で鉢合わせした時、芽衣子はスニーカーを履きかけていた。それを思い出して尋ねると、母の顔がいつになく厳しくなり芽衣子の顔色も変わる。

「あんた、また抜け出そうとしたの？　今日はもう家で勉強するって約束したでしょ！」

「ちょっとコンビニにおやつ買いに行こうとしただけだよ。すぐ戻ってくるつもりだったし」

　そんな風に言い訳をしながら、芽衣子はテーブルの下で征太のすねを軽く蹴った。その顔には「余計なこと言うな」と書いてある。

「それにしても私、お兄のことちょっと見直しちゃった。変質者から女の人を守るなんて、かっこいいじゃん」

「そうそう、そうよね。ホントに偉いわ。ねえ、千恵美さん。この子って、ちょっとぼんやりして見えるけど、実はやる時はやる子なのよ」

芽衣子が話を逸らそうと振った話題に、母は意気揚々と乗っかって千恵美に妙な愛想笑いをする。

何回目かの説明でやっと千恵美が征太の彼女ではないということを理解した母だが、それ以降、千恵美に妙な売り込みをかけている。

「ええ、本当に助かりました」

千恵美は穏やかに笑って返すと、まだムスッとした顔の父が「まあ何もなくて何よりだ」と変なまとめ方をした。

そんな賑やかな夕飯が終わると、征太は千恵美を客間に案内した。

狭いがシングルベッド、ナイトテーブル、スタンドランプがあり、壁に大きな絵が飾られたビジネスホテルのような一室だ。

「ここ好きに使って。必要なものがあったら言ってくれれば用意するから」

「ホントにごめんね。いろいろお世話になっちゃって。それに久しぶりの家族の団らんだったでしょ？　邪魔しちゃったね」

千恵美が眉尻を下げたのを見て、征太は手を振った。

「別に大丈夫だよ。あの状態で千恵美をそのまま家に帰す方が心配で、家族団らんどころじゃないし」

中年男を追い払った後、そそくさと去ろうとする千恵美に声をかけたのは、その後の彼女が心配だったからだ。

「ありがとう」

千恵美の礼を背中で聞きながら、ベッドの脇に彼女の荷物を置いてやる。

実家に誘ってから荷物を取りに一緒に千恵美のアパートまで行った。千恵美が準備をする間、征太は外で周囲を警戒していたが中年男の影は見えなかった。しかし用心に越したことはない。ああいう輩《やから》はキレた後でどんな行動をするか予想がつかない。

「この絵、素敵ね。誰の作品？」

征太が部屋を出ようとすると、千恵美が絵の方を向いたまま囁《ささや》くように尋ねてきた。振り返って征太も壁にかけられた絵を見上げる。

この部屋のサイズに対してその絵は大きすぎて、客間というよりは絵のための部屋のようだ。

暗い色で塗られた物体が額の中でいくつも踊っている。

芽衣子は花をモチーフにした絵だと言い張っていたが、征太にはいくつもの渦が何かを呑み込もうと回り続けている絵に見えた。

ジッと見つめていると、その渦がだんだん大きくなっていく錯覚さえ起こる。

芸術に興味のない征太には理解できない代物だ。

「……無名の画家だよ」

答えると、千恵美は絵を見上げたまま「そう」と呟《つぶや》いた。

「酒でも飲む？」

今度こそ部屋を出ようとしたが、何だか胸のもやもやが晴れない。ドアを閉める際にそう声をかけると、絵を見上げていた千恵美は振り返っていつもの強気な笑顔を見せた。

二階の征太の部屋にある小さなベランダで夜空を見上げながら、缶ビールで乾杯。ビールを勢いよく喉に送り込んだ千恵美は盛大に息を吐いた。

「さむーい、つめたーい、でも気持ちいーい」

ビール缶を掲げて言った千恵美に苦笑して、部屋から薄手のブランケットを持って来てやる。

「ありがと。征太ってこういうとこマメよね。モテるでしょ？」

黙ったまま首を傾げると、千恵美は「ふふふ」と笑った。

「それにしても賑やかだったわね。ああいうの、あんまり経験したことないからびっくりしちゃった。家族仲いいのね」

「仲いいっていうか、騒がしいだけだよ。それに四人もいればどこもあんなもんだろ」

千恵美は父一人娘一人の家庭で育ったと言っていた。二人きりではいくら騒いだところで征太の家族のようにうるさくはならないだろう。

「でもやっぱり仲いいと思うよ。人前で自分の家族のことを褒めるのって、なかなか気恥ずかしくてできないものだし」

それは母が妙な勘違いをして余計な気を回した結果だ。いつもあんなに人前で征太を褒めることなんてない。

そう思ったが口には出さないでおく。

「……いつからあの人に付きまとわれてたの？」

しばらくの沈黙の後そう切り出した征太に、千恵美は少し驚いたような顔をした。

「征太って、他人のそういうことにはあんまり深入りしないタイプかと思ってた」

言われた通り、普段の征太なら人の事情には深く踏み込まない。千恵美のことも、あの中年男を追い払ってそれで終わりにしていただろう。

「ん、ごめん。嫌なら言わなくていいから」

慌てて手を振ると、千恵美は笑顔をこぼして星が薄く光る空を見上げた。

「付き合ってたのは秋ぐらいまで。別れを切り出したらそれから付きまとわれるようになったの。割と軽い付き合いだったから、こんなことになるとは思わなかったんだけど」

その答えに征太は目を見開いた。今はすでに二月だ。秋からということは少なくとも三、四か月は付きまとわれていることになる。

「警察には？」

「通報するほどのこと、されてないのよ。ただずっと付け回されたり、家の近くで待ち伏せされたりするぐらい。ストーカーにお決まりの無言電話もないし、ゴミを漁られるわけでも家に無理やり入ってくるわけでもないの。もちろん暴力も怒鳴られることもなし。アイツがキレそうになったのって今日が初めてよ」

ずっと付きまとうだけだった、というのも目的がわからず気持ち悪い。

「誰かに相談は？」

尋ねると千恵美は自嘲的に笑った。

「もう気づいてるかもしれないけど、アイツうちの大学の教授なんだよね。不倫だったわけでもないし、教員との恋愛禁止っていうはっきりした学則があるわけでもないんだけど、やっぱりね……。だから誰にも言えなくてさ」

それは親友の優香が相手でもだろうか。そんなことを考えていると、千恵美は征太を見て「まあ今日、約一名にバレちゃったけどね」と悪戯《いたずら》っぽく笑った。

ということは、千恵美はこの数か月間たった一人で誰にも相談することなく耐えてきたのだ。それは一人暮らしで実家も遠い彼女にとって、どれだけ不安だったことだろうか。

しかしその不安をおくびにも出さず過ごしてきた彼女に、征太は驚嘆した。同時に、さっき初めて見た彼女の不安そうな顔や、泣きそうになりながらも見せた笑顔を思い出す。

今まで二年近く友達付き合いがありつつも知らなかった彼女の一面を、今日一日でずいぶん知ったような気がする。

千恵美は征太が思っていたよりもずっと強く、追い詰められた状況でも人に気を使える優しさを持っている。夜空を見上げている千恵美の横顔を、征太は感嘆の念を込めて見つめた。

「二人だけの秘密、ね?」

横目で征太を見て妖艶に笑った千恵美に心がグラリと揺れる。

疲れているせいか、缶ビール一本で征太はすでに酔いはじめているらしい。

熱くなった頬を隠すように口元を手で覆う。

そうしながらも、頭の中では今日見た千恵美のいろんな表情が次々と再生され、目の前の彼女と重なっていく。

千恵美はどんな男を好きになるんだろう。

クラクラする征太の頭の中にそんな思いが浮かんで消えた。

◇◇◇◇

シェアハウス生活最後の夜、秘密暴露会の席で笑顔を貼り付かせた千恵美を見ながら、征太は内心ため息をついた。過去の話とはいえ、まさか千恵美が彰士と付き合っていたとは驚きだ。

しかし優香と彰士の関係を進展させようと千恵美が暴露した秘密に、当の彰士はポーカーフェイスを貫き、優香はといえば無邪気そのもの。

それにダメージを受けているのはむしろ千恵美だ。いつもはしっかりと嵌《は》められている彼女の仮面が取れかけている。

不毛だな、という思いが頭をかすめる。

約二年前、千恵美を実家に連れ帰って以来、彼女をつぶさに観察するようになった征太は、彼女の本当の思いが向けられるその先に気づいた時、少々戸惑った。

様々な男に言い寄られながらも誰も相手にせず、サークル内外で噂されていた彰士でもなく、別れて以来しばらく付きまとわれていた教授でもなく――彼女は自分の親友である優香にひたすら心を捧げていた。

なぜ親友である優香を、その思いが届かないとわかっていながら一途に見つめ続けるのか。そんな空しい思いなど、ただの気まぐれとしてさっさと断ち切ってしまえば良いのに。

この二年間、何度も千恵美にそう言いかけ、征太はそのたびに口を噤《つぐ》んだ。言ったところでどうしようもない。

千恵美に自覚があるかはわからないが、彼女は女性でありながら、女性という存在に過剰な理想と期待を抱いている。

女性というものは無垢《むく》で健気で愛情深く人々から愛され男が守りたくなる美

しい生き物だ、もしくはそうあるべきだ、と思っている。

もちろん彼女自身、自分がそういう女だと思っているわけではない。

幼い少女が物語のプリンセスに憧れるように、千恵美はそんな女性がどこかに実在していると信じているのだ。

それは、おそらく幼い頃から彼女に母親がいなかったことも影響しているのだろう。

千恵美が中高生に人気の男性アイドルグループにはまったり、ラブロマンス系の映画を好むのも、ラブソングや映画に出てくるヒロインに、自分を投影しているからだ。

平凡でありながら、理想的なシンデレラストーリーを歩く、庇護欲をかき立てられる女性――

そんなヒロインに憧れる千恵美は、大学に入学して優香に出会った。

千恵美にとっての理想がまさに服を着て歩いているような姿。

それは千恵美にとって衝撃的な出会いだっただろう。限りなく恋心に似た激しい慕情と羨望《せんぼう》。そしてそれ以上の嫉妬。

手元にあるビール缶を空けて、征太は自分が持ち込んだ焼酎に手を伸ばした。

彰士がちゃっかりカップを一つ征太の方へ寄こす。仕方なく注いでやりながら、今度は彰士のことを観察する。

千恵美の暴露の後、非難するような目つきで彼女を睨んではいたものの、彰士のリアクションはいたって穏やかだった。

彰士は率直な性格だ。本当に嫌だったのなら、もっと激しく抗議していただろう。

しかし彼が見せたのは、むしろ千恵美に対する同情的な目だ。優香の無邪気な反応に千恵美が傷ついたのを彼は読み取っていた。

ということは、彰士も征太と同じように千恵美の秘めた思いに気づいていたのだろう。そうでなければあんな視線は向けないはずだ。

それでは彰士自身はどうなのだろうか。

今までの様子から、彼は優香に気があると思っていた。しかし彰士はこの二年の間、不自然なほど何の行動も起こさなかった。それが意味するところは何だろうか。

「次、誰が行く？」

ちびりちびりと焼酎を舐めていると、彰士がみんなを見回した。

彰士は今夜どんな秘密を暴露するつもりなのだろうか。まさか千恵美が期待するように優香に告白なんてことはないだろう。そんなことを考えていると彼と目が合う。

征太の好奇心を刺激する、彰士の秘密。

しかしそれ以上に、征太には彰士について知りたいことが一つある。

「じゃあ次は俺が行こうかな」

征太が言うと、優香があからさまにほっとした顔をした。

「千恵美の暴露に比べると、俺のは大したことないっていうか、ちょっと暗いんだけど」

そう前置きして少し間を空けてから続ける。

「うちの家系ってさ――あ、母方の家系の話なんだけど、自殺者が多い家系なんだよね」

「自殺……」

優香が呟《つぶや》いたのに一つうなずく。

「母方の実家はさ、少し親戚付き合いが深いっていうか、広いんだ。最近はそうでもないけど、俺が小さかった頃はひい爺さんの家にハトコとか遠縁のおばさんとか、誰が誰やらってぐらい大所帯で頻繁に集まってた。それ以外はいたって普通の家なんだけど、その親戚筋から一世代に一人は必ずと言っていいほど自殺者が出るんだ。それも理由がよくわからないまま何の前触れもなく突然」

誰かのごくりと生唾を呑む音が聞こえた。征太は一度自分の唇を湿らすと、チラリと彰士を見た。

「一番最近自殺したのは、俺の叔父さん。俺の母さんの少し年の離れた弟だった。その叔父さんっていうのが、平々凡々な俺の親戚の中で唯一特別な人だったんだ」

「特別って？」

興味を惹かれたように彰士が乗り出して聞く。

「……絵描きだったんだよ」

少し間を空けて彰士の目を見て言う。

彼の頬がピクリと動いた。そのまま固まったように動かなくなる。

「絵描き？　すごい」

優香が驚いたように両手を口の前まで持ち上げた。

「うん。俺の爺さんも婆さんも母さんも、芸術なんてこれっぽっちも解さない普通の人たちなんだけど、叔父さんだけは昔から絵が上手でコンクールで金賞をとったりしてたんだって。で、美大に進んで、その途中で何年かヨーロッパに留学したんだ」

「ヨーロッパ留学かあ。あたしもしてみたいわ。でも高いのよね。これ以上親にわがまま言えないし」

千恵美は、髪をかき上げてため息をついている。

先ほど取れかけた仮面は、今はすっかり元に戻っている。まるで何事もなかったかのような態度だ。

「金銭的なことはよく知らないけど。まあ、とにかく俺が二歳ぐらいの時に留学から帰ってきて、その後は細々とギャラリーとかでバイトしながら絵を描いてたらしい」

「絵で食べていくことを目指してたのね」

千恵美が少し気の毒そうな顔をする。芸術だけで食いつなぐことの難しさは、美大に通う彼女が一番理解できるところだろう。

「別に絵描きとして有名になりたいっていう人じゃなかったんだ。そういう世俗的な欲がある人じゃなかった。でも、自分には絵しかないと思ってたみたいで。売れようが売れまいが絵を描き続けなきゃ死んでしまう、みたいな」

「ああ、本当の芸術家って感じね。自分の世界に没頭するタイプだ」

「なんていう名前なの？」

千恵美が感心したように言うのに続いて優香が尋ねる。

その問いに、一瞬だけ躊躇《ためら》ってから征太は小さく口を開いた。

「駿河太樹《するがたいき》」

千恵美が「聞いたことないわね」と首を傾げる。

「ずっと細々とやってたんだ。でもある時、働いてたギャラリーに立ち寄った画商が叔父さんの絵を気に入ってくれて、画家としての活動をサポートしてもらえることになった。それも破格の待遇。なんとか絵だけでも食っていけるぐらいにね」

「え、それってすごいことなんじゃゃ……」

「すごいわよ！　絵だけで食べていくって相当よ！」

優香と千恵美が興奮したように食いつく。

「ところが、これからって時に叔父さんはいきなり自殺しちゃったんだ」

しん、と場が静まり返る。優香が気まずそうに視線を落とした。

「……自殺の理由は？　遺書かなんかあったのか？」

彰士が呟《つぶや》くように尋ねる。つられて振り向いたが、彰士は征太とは目を合わそうとしなかった。

「さあ……。母さんたちは知ってるかもしれないけど、自殺以降は叔父さんの話を一切しなくなったから俺も聞きにくくてさ」

「本当の芸術家ってとっても繊細な人が多いからね。画家って肩書きが逆にプレッシャーになっちゃったのかも」

千恵美が沈痛な面持ちで言った言葉に、征太も「うん」とうなずく。

確かに大人になった今は、叔父が繊細で思いつめてしまう性質だったと理解している。

「で、この出来事から俺は自殺する人間の心理っていうのに興味が出て、心理学を勉強しようと思ったんだ。自殺の家系っていうのが、どういうとこから来てんのかわかるかもってね」

そこまで言うと優香がふうと息を吐いた。

「それが征太の秘密？」

聞かれて「そう」と答える。

「今までは何で心理学を専攻するのかって聞かれても、何となく誤魔化してたんだけどね。軽く話すような話題でもないし」

千恵美が「なるほどね」と納得して椅子に背を預け直す。彰士だけはまだ何かを考え込むように黙っている。

「叔父さんの絵とか残ってないの？　見てみたいわ」

「うちに一つだけ残ってる」

「あ、もしかしてあの大きな絵？」

千恵美にうなずくと、彼女は「あの絵、素敵だったもんね」と納得したように笑った。

征太の実家の客間に飾られた絵。あの花とも渦ともわからない絵を脳裏に思い浮かべる。

「千恵美、見たことあるの？　征太の家に行ったの？」

驚いたように優香が尋ねたのに対し、千恵美は「ああ、うん。成り行きで一度だけね」と笑って少し目を伏せた。

優香は「ふうん？」と相変わらず邪気のない笑顔を振りまく。

「うちにある絵以外は爺さんたちが処分しちゃったみたい」

叔父の死後、祖父母は躊躇《ちゅうちょ》なく一気に叔父の形見を処分してしまった。叔父を思い出すことは祖父母にとって辛いことだったようだ。

千恵美は「もったいないわね」と呟《つぶや》くと黙り込んだ。優香も彰士も黙っている。何となく空気が重い。

「ちょっと空気入れ換えようか」

言うと征太は立ち上がり、庭へ続くガラス戸へ近づいた。もう引越し前なのでガラス戸にはカーテンがかかっていない。塀がなければ通行人から家の中が丸見えだろう。

彰士が昼間掃除したおかげで、ガラス戸は曇りなく蛍光灯の光を反射している。

その戸を開けようと手をかけたところで、征太はギクリと一瞬動きを止めた。ガラス戸に映った彰士がこちらを見ている。暗い表情でガラス越しに征太を見つめている。まるで何かを責めるように。

ごめん、彰士。

彼の視線を振り切るようにガラス戸を勢いよく開けると、春の爽やかな風が部屋に入ってきた。酒のせいで火照《ほて》っていた頬に心地いい。

振り返ると彰士はすでに征太から目を逸らしていた。

やっぱりこんな話、今さらするべきじゃなかった。

だが征太は知りたかった。本当のところ、彰士がどういう気持ちで過ごしていたのか。後悔とも後ろめたさともつかない思いが胸の中で渦を巻く。

実家の客間に飾られた叔父の絵がまた思い浮かぶ。

叔父が死んだ時、サークルで彰士の存在に気づいた時、千恵美と秘密を共有するようになった時、四人で暮らしはじめた時――季節が巡る中で、渦はずっと征太の胸の内でぐるぐると回り続けていた。

この渦はいつまで回り続けるのだろうか。

席に戻ると、千恵美が笑顔でワインボトルを征太の前に突き出した。

彼女は今、この笑顔の仮面の下、どんな表情をしているのだろうか。

手の中のグラスに注がれる赤ワインが渦を描くのを見つめながら、征太は我知らず眉をひそめた。

◇◇◇◇

征太の叔父は少し変わった人だった。

母方の一族、駿河の家の大人たちの中において、叔父は一人だけ独特な空気を纏《まと》っていた。

あれが俗に言う「異彩を放つ」とか「浮世離れしている」ということなのだ

ろう。

背が高いとか特別に容姿が秀でているとかいうわけでもないのに、やたらに目立つ。叔父が現れるだけで場の雰囲気が変わるのだ。それは彼の人嫌いということも起因していたに違いない。

人見知りで大人しかった征太は、駿河の家の集まりで曾祖父の家に行くたびに年の近い子どもたちの輪に入っていけず、同じように大人の輪に入っていかない叔父と二人で話していることが多かった。

叔父は駿河の家の子どもの中で征太を殊更に可愛がっていたため、征太も叔父にはよく懐いていた。

「僕にはね、征太と同じ年の息子がいるんだ」

親族の集まりにいつも一人で来ていた叔父がそんな言葉を漏らしたのは、征太が小学校に上がる直前だったと思う。

「連れて来ればいいのに」

親戚同士で集まるたび、いつもは征太にべったりな妹も他の子たちと遊ぶ。妹と同じように気兼ねなく他の子たちに話しかけられればいいのだが、同年代の親戚は女の子ばかりというのも征太には気まずい。

でも同じ年の男の子なら仲良くなれるかもしれない。

そんな期待を込めて叔父を見上げると、叔父は困ったような笑顔を返すだけだった。

「ねえねえ。太樹おじさんね、僕と同じ年の子がいるんだって。見たことある？」

その日の夜、家に帰ってから居間でくつろいでいた父親に昼間仕入れた情報を得意げに披露してやる。

母親は妹を寝かしつけに子ども部屋に行っていた。

「……誰から聞いたんだ？」

さぞ驚くだろうと思っていた父親は、征太の言葉を聞くや一瞬固まると、微妙な顔をして征太から目を逸らした。自分は何かまずいことを言ってしまったらしい。

父親の様子からそう悟った征太は意気消沈した。

「おじさんが、今日……」

怒られるかもしれない。事情がわからないままそう思いつつも、おそるおそる答えると、父親は「そうか」とだけ呟《つぶや》いて難しい顔で黙り込んだ。

「母さんの前でその話はするなよ」

しばらくしてそう付け足すと、父親は座卓の上の新聞に手を伸ばした。

父親が話の途中で新聞を手に取る時は、その話は終わりという合図だ。疑問はたくさん残ったものの、それを聞けないまま征太は小さくうなずいた。

父親のその時の反応の意味がわかったのがいつだったか、征太ははっきりと覚えていない。

ただ覚えているのは、駿河の家の大人たちの話を見聞きすることによって少しずつ全容が明らかになっていたということだ。

叔父の言う征太と同じ年の息子というのは、叔父と当時一緒に住んでいた内縁の妻――その頃の征太には内縁の妻という言葉の意味もわからなかったのだが――との間にできた子だった。

叔父とその女性は高校の時の同級生で、実は叔父が留学する前から付き合っていたらしい。

叔父の留学直後に女性の妊娠が発覚し、彼女はそのまま一人で息子を産んで育て、叔父が帰国してから一緒に住むようになったというのが事の成り行きだ。

しかし、駿河の家の大人たちはどうやらその女性についてあまり良い印象を持っていなかった。

というのも、叔父の高校時代からその女性の家はいわゆる下層階級として有名だったのだ。

飲んだくれの父親、派手で粗野な夜の蝶の母親、そして本人も高校時代から売春をしているというような噂が絶えなかった。

そんな女性と画家としての将来を期待される叔父は、駿河の家からしてみれば不釣り合いだったらしい。

特に征太の母親は年の離れた叔父を可愛がっていたので、その女性に対する拒絶が凄まじかったようだ。

征太にはそれらの話のすべてを理解することはできなかったが、自分の母親が拒絶しているということがわかっただけで十分だった。

母親が拒絶しているのなら、それは悪。善悪の指標を母親に依存する年頃だった征太にとって、同じ年の男の子と友達になれないのは残念だったが仕方のないことだった。

それからも駿河の家の集まりがあるたびに、叔父は征太を可愛がってくれた。しかし征太が小学校の高学年に上がった頃から、叔父はふつりと駿河の家に姿を現さなくなった。

その頃の駿河の家では叔父の立場は微妙だったのだ。

三十も半ばにさしかかった叔父の画家としての才能を疑いはじめた親戚たちは、曾祖父の家に集まると、本人がいようがいまいが関係なく叔父の将来について話し合うようになった。

征太は、祖父母や母親が叔父のことで親戚にずいぶんとやり込められる場面もよく目にした。

叔父が駿河の家に近寄らなくなったのは、おそらく居心地の悪さがピークに達していたからだったのだろう。

叔父が征太の前に再び姿を現したのは、征太が中学に上がってしばらくした頃だった。

新しい学校、友人、初めて体験する先輩後輩という序列。忙しいが充実した日々を送り、それに慣れはじめた中での突然の再会は、征太にとって驚きと戸惑いに満ちていた。

ある日の部活後、いつものように腹を空かせて友人と帰途につこうと校門を出ると、見覚えのある男性が一人、所在なさげに立っている。

男性は征太の姿を認めるとソワソワしはじめた。隣の友人も奇妙なものを見る目でその男性を窺《うかが》う。

「……太樹おじさん？」

見覚えのあるその顔に一瞬思考を巡らせてから征太が声をかけると、彼はほっとしたような顔をして笑った。

「久しぶり、征太。大きくなったね」

この一年でぐっと背の伸びた征太は、中学一年生にして成人男性の平均身長である叔父の背丈に追いつこうとしていた。視線はもうほぼ同じだ。

征太にしてみれば、久しぶりに見た叔父の方が少し小さくなったように感じたが、それは黙っておく。

「どうしたの？」

いきなり現れた叔父に面食らいながらも尋ねると、叔父は「うん、ちょっと……」と頭をかいて困ったような笑顔を見せた。

「今、時間ある？　話がしたいんだ」

叔父に誘われるがまま友人とその場で別れると、大通りに面した喫茶店に入る。

煙草の匂いが染み付いたボックス席で叔父と向かい合わせに座ると、征太は改めて目の前の叔父を観察した。

「好きなもの選んでいいよ」

メニューを見ながらそう言った叔父は、征太が覚えているよりもだいぶ老けたように感じる。頭に白いものも増えたし、顔には皺《しわ》も増えた。

年が離れているはずの征太の母と同年代と言われても違和感がないほどだ。

そして叔父は昔とはどこかが決定的に違っていた。どこかと問われれば困るのだが、確かに何かが違うのだ。

駿河の家の大人たちから、叔父が画家の道を諦めていないことは何となく聞いていた。彼らはそれが気に入らないらしい。

征太が中学に上がってからは、大人たちは顔を合わせれば必ず叔父の話を取り上げ、「お前は大きくなったら男としてしっかり社会の責任の一端を担《にな》え」などと説くのだ。

まるで叔父が社会に反した生き方をしているかのような言いざまだ。

そんな話が出るたびに、祖父母や母は苦虫を噛み潰したような顔をする。

征太には、まだ将来や社会なんて遠くてぼんやりしたものなどどうでもいい。

彼らが言うように叔父の生き方が悪いのかどうかだってわからない。

それに祖父母や母の辛そうな顔を見るのも嫌だ。

だが、そういう時は場の空気を読んでただ大人しくうなずくのが正しい反応だということも頭で理解していた。

メニューから顔を上げた叔父は征太と目が合うと、目線を少し泳がせた。

「決まった？」

部活の後なので何かガッツリしたものが食べたい。

一瞬だけメニューに目を落として「カツカレー」と言うと、叔父は一つうなずいてすぐにウェイトレスを目で追いはじめた。だがなかなか声をかけるタイミングをつかめずにいる。

ウェイトレスが何度か目の前を行き来するのを見送ったあと、業を煮やした征太が「すみません」と大きな声を出すと、ウェイトレスはすぐに征太たちの席へやって来た。

だが叔父は何だかオドオドしていて、オーダーをする時も小さな声で何度もウェイトレスに聞き返されている。

要領が悪いそのオーダーの仕方に自分が頼んだ方が早かったな、と征太は心の中で呟《つぶや》いた。

「学校はどう？　もう慣れた？」

ウェイトレスがメニューを持って立ち去ると、叔父は少しソワソワした様子で尋ねてきた。

「うん。新しい友達もできたし部活も楽しいよ。先輩はちょっと怖いけど」

「何部に入ったの？」

「野球部。友達が入るって言うから」

運動はもともと嫌いではない。特に征太は背が高いので、入学早々いろいろな部活から声をかけられた。サッカー部や空手部にも心惹かれたが、結局は野球部で落ち着いた。それからは先輩や先生にしごかれる日々だ。

叔父は感慨深げに「そっかあ」と呟《つぶや》いた。

「好きな子とかいないの？」

ニコニコしながら聞かれた問いに、征太は「うーん」と唸《うな》る。

恋愛なんて征太にはまだよくわからない。ただ、中学に上がってから女子が何だか急に大人っぽくなったような気がする。クラスの女子に呆れたような困ったような笑顔を向けられるとドキドキしてしまう時があるのだ。

だからといって、好きな人と聞かれて思い浮かぶ特定の女子もいない。

「いない。好きになるとか、よくわかんない」

正直に答えると、叔父はまた「そっかあ」と言って笑った。

その後も二人でしばらく雑談を続け、喫茶店を出る頃には辺りはすっかり暗くなっていた。

「ごめん、すっかり遅くなっちゃったね。怒られないかな？」

叔父は困ったように眉尻を下げたが、征太はただ肩をすくめた。

「大丈夫。うちって放任主義ってやつだから。その日のうちに帰ればそれで良し」

「へえ、意外だな。姉さ……お母さんは心配性だと思ったけど」

放任主義は父の意向だ。

男は早く自立するべしと言って、征太に最低限の干渉しかしてこない。高校を卒業する年になったら一人暮らしをしてみろとも言われている。

母親は確かに心配性だが、父に倣《なら》って我慢しているのだ。

「また会えるかな？　できればお母さんたちには内緒で」

「いいけど……。俺、スマホ持ってないよ」

会うにしても連絡を取り合う必要があるだろう。だが内緒にしたいなら叔父が征太の家に電話をしてくるわけにもいかない。

「じゃあ今日みたいに校門で待ってるよ。会えた時、時間がある時だけでいいからさ」

言われて征太は内心首を傾げながらもうなずいた。叔父は満足そうに笑うと「じゃあ」と征太に背を向けた。

その背中を戸惑いと共に見送る。結局叔父が何のために会いに来たのか、そして何のためにこれからも会いたいのか征太にはわからない。

叔父とは別の方向へ歩き出してから、征太はハッとしてもう一度叔父の方を振り返った。だが叔父はもう大通りの人ごみにまぎれて見つからなかった。

昔ならすぐに見つけられたのに。

征太が子どもながらに感じていた叔父の奇妙な存在感。

久しぶりに会った叔父からは、そんな浮世離れした存在感がすっかり抜け落ちていた。校門の前にいた叔父を見てすぐに思い出せなかったのも、喫茶店で覚えた違和感もそのせいだったのだ。

何とも言えないもやもやを抱えたまま征太は家路についた。

「太樹おじさんね、有名な画商さんがパトロンについてくれたんだって。画家としてこれから活躍できるのよ」

母が上機嫌で征太にそう告げたのは、叔父と再会したその夜のことだった。

叔父はその後も何度か征太に会いに学校までやって来た。

多い時には週に三回も会いに来る。相変わらず、ただ雑談するだけで何が目的なのかさっぱりわからない。この叔父との関係を思春期の征太は少し持て余していた。

事件が起こったのは、そんな時だった。

「佐藤、今日もまた父ちゃんがお迎えに来るのかー?」

昼休み、教室に響いたその声に振り返ると、学年一乱暴なクラスメイトの江《え》島《しま》とその取り巻きがニヤニヤした顔で征太を見ていた。

「何それ? 佐藤、父ちゃんが迎えに来んの?」

「そうそう。部活の後に校門の前で待ってて、一緒に帰ってるんだぜ」

「ダッセー」

彼らは口々にそう言うとゲラゲラと不快な笑い声を上げる。

「父さんじゃなくて叔父さんだよ」

いきなり向けられた悪意に驚き戸惑いながら、意味のない反論をしてみる。

「どっちにしろ同じだろ」

「征太君、大人がいないと一人で帰れないのぉ」

廊下にまで聞こえるぐらいに声を張り上げ下品に笑う彼らにつられ、クラスの何人かが征太を見てクスリと笑った。

急激に恥ずかしさが込み上げてくる。

「そんなデカイなりして家では母ちゃんのおっぱい吸ってんじゃねーの？」

「げっ、キメぇー！」

さらに挑発してきた相手に思わずカッとなって立ち上がる。

その勢いのまま睨みつけると、江島はニヤニヤしながら征太に近寄ってきた。

途端にクラスが静まり返り、二人の間に緊張が走る。

「何だよ、やんのかよ？」

中一にしては背の高い征太だが、上背《うわぜい》で言えば相手も互角だ。ケンカ慣れしている分、江島の方が肝が据わっていて余裕の表情。

体の横で握った征太の拳が震えた。それが怒りのせいなのか相手に萎縮してなのか自分でもわからない。

誰しもが事の行く末を静かに見守る中、小学校からの友人が不安げに征太に声をかけた。

「お、おい。征太……」

「こら！　何やってる！」

瞬間、教室内に鋭い怒鳴り声が響く。

不穏な気配に気がついたのか、廊下から教師が顔を覗《のぞ》かせていた。江島はちらりと教師の方を振り返ると、一つ舌打ちをして征太に背を向ける。

「何でもねえよ、うっせーな」

そのまま取り巻きたちと教室を後にする江島の背中を睨みつけ、征太は深く息をついた。

緊張から解放されてほっとしたのと同時に、行き場を失った征太の中の怒りが腹の底でざわつきはじめる。

「無茶すんなよ。あんなの相手にするなって」

友人が気遣うように征太に耳打ちした。それにぞんざいにうなずいて腰を下ろす。

江島たちが去った後も、クラスの連中の好奇の視線は征太に突き刺さった。そのことに苛立ちながら午後の授業と部活を終え、校門をくぐると、待っていたのは何も知らない叔父。

「あ、征太」

呑気に声をかけてきた叔父を見て、隣を歩く友人が気まずそうな視線を征太に送る。

「じゃ、俺これで……」

そう言って遠ざかる友人の足音を聞きながら、征太の中に昼間から燻《くすぶ》っていた感情が徐々に迫り上がって来た。

「今日はちょっと遅かったんだね。もう帰っちゃったのかと思った……」

征太の様子に気づくことなく、困ったようなな笑顔でおずおずと口を開いた叔父に、征太の中で何かが弾けた。

「ねえ叔父さん、いつも俺に会いに来るけど仕事は？　画家ってそんなに暇なの？」

征太の口から出た言葉に、叔父が驚いた顔をしてその瞳を揺らした。

オドオドしたその様子に余計に苛立ちを覚え、征太は表情を険しくした。

「そんなだからさあ、辰基《たつき》おじさんとか増田《ますだ》のおばさんとかに情けないって言われちゃうんだよ。もう少ししっかりしなよ」

叔父がゆっくりと視線を落とした。

八つ当たりもいいところだ。

しかし、理由もなく週に何度も会いにくる叔父を疎ましく思っていたのも確かだ。

征太の脳裏に江島のバカにしたような笑みや、クラスメイトの奇異な視線がよみがえり、叔父の様子にも構わず堰《せき》を切ったように苛立ちや怒りが表へと流れ出る。

「それにさあ、俺に会いに来る暇があるなら自分の息子と過ごしなよ。俺と同じ年の息子がいるんでしょ？　何でわざわざ俺に会いに来るの？　はっきり言って迷惑なんだけど」

自分でも止めることができないまま感情的に言葉を吐き出すと、叔父の手が細かく震えた。視線を下げている叔父は少し青ざめているように見える。少し言いすぎたかもしれない。いや、確実に言いすぎた。

すべてを吐き出してから、今度は罪悪感が湧き上がる。

さすがに叔父が泣くことはないだろうが、それにしても気まずい。居心地の悪い沈黙の中待っていると、やがて叔父が手を震わせたままゆっくりと顔を上げて征太に笑いかけた。

「ごめん、そうだね。征太のこと考えてなかった。迷惑だよね、ごめん……」

それだけ言うと、叔父は背を向け足早に去っていった。その背を呆然と見送った征太は、今度は胸を突く罪悪感に苛立ちながら家路につく。

叔父の訃報が征太の耳に飛び込んできたのは、ちょうどその一週間後だった。

◇◇◇◇

「ああ、涼しい風。顔が火照《ほて》ってるからちょうどいいわあ」

千恵美が少し紅くなった頬にワイングラスを当てながら、うっとりと言った。

先ほど征太が開けたガラス戸から風がそよいで、彼女の髪を揺らしている。

「虫が入ってこないかな？」

優香が戸の外を気がかりそうな顔で覗《のぞ》く。

「大丈夫よ。入ってきたとしても男が二人もいるんだし」

千恵美が目配せするように征太と彰士を見たのに対し、彰士が鼻を鳴らす。

「俺は無理。前から言ってるけど虫とか絶対触れない」

「なっさけないわねー。男でしょ？」

「あのなあ、この男女平等、同権が声高に叫ばれる時代に、そういうとこだけ男とか女とか持ち出すなよ。それこそ女による男差別だろ。これだから女は……」

「あんたのそれも十分差別発言じゃない？」

「ん？　今のはあれだよ。一つ差別されたら一つ差別し返す。それこそ本当の平等じゃねえ？」

「ただの悪循環じゃん」

言って笑い合う千恵美と彰士の間には何の気兼ねもない。

昔付き合っていたことを考えると、二人の間に流れるこの空気に納得がいく。この気安さは過去に心を許しあった二人だけに芽生えるものなのだろう。

そのことに複雑な思いを抱きながら、征太はつられるように薄く笑った。同時に、えも言われぬ感情に襲われ、喉の奥で唾を呑み込む。悪酔いしてしまいそうだ。

ちらりと向かいに座る彰士を見る。千恵美たちと談笑を続ける彰士からは、ガラス戸越しに見た責めるような表情はすっかり消えている。

そのことにほっとしながらも、胸の内では後悔の渦が消えない。

大学入学当初よりもずいぶんと大人びた彰士だが、四年前と変わらず、どこか人とは違う雰囲気を纏《まと》っている。

それは「異彩を放つ」とか「浮世離れしている」と表現できる独特さだ。

そう、彰士は昔の叔父に似ていた。

容姿はまったく似ていないのに、その佇《たたず》まいや空気がそっくりなのだ。集団の中にいて彼だけが男女関係なくひと際目を引く。

大学に入学して何となく行ったサークル説明会で、彰士を目に留めた征太は息を呑んだ。彼の中に叔父の姿を見たからだ。

さらに彼の名前が「紀藤彰士」だとわかった時の衝撃は凄まじいものだった。それ以来、彰士を目の前にすると、まるで叔父と一緒にいるような錯覚に陥《おちい》る時がある。

それは、征太が長年胸の内に抑え込んできたある感情を刺激した。

十年前、叔父が「才能の限界を感じた」という簡素な遺書を残して自殺した後、征太は時折酷い眩暈《めまい》に襲われトイレに駆け込んでは嘔吐《おうと》するようになった。

今考えれば、それは叔父の死に自責の念を抱いていたせいだったのだろう。どうしようもない罪悪感に日々苛《さいな》まれ、だがそれを誰にも打ち明けることができずに苦しんでいた征太は、叔父の死からしばらくして一通の手紙を受け取った。

それは気落ちして家事もままならない母の代わりに叔父の遺品の整理を手伝っていた父が偶然、叔父の部屋で見つけたものだった。

「征太」と書かれた封筒に入れられ、結局出されることのなかった叔父からの手紙。

征太の様子がおかしいことに何かを感じ取っていた父は、その手紙について誰にも知らせることなく開封もせずに征太に渡してくれた。

　どんな恨みつらみが書かれているだろうか。父から受け取ったその手紙に恐れおののきながらも征太は封筒を開けた。

叔父の感情のままに書かれた分厚いその手紙は、もう一つの遺書のようなものだった。征太はその手紙から叔父に関する多くのことを知った。

手紙は征太に対する謝罪ではじまった。

征太の気持ちを考えずに自分勝手なことをしてしまったこと。それを心から申し訳なく思っていること。

自分の自殺は決して征太のせいではなく、自身の弱さと不甲斐なさが原因であること。

そんなことが言葉を変えて何度も何度も書かれていた。

そして叔父が自分の存在価値を見出せずにいたことや、姉である征太の母や祖父母、親戚からの期待に応えられない情けなさ、画家としての才能の限界など、そこには叔父の長年にわたる苦悩が書き連ねられていた。

理不尽なことへの怒り、自分ではどうしようもない現状への嘆き、そして人生への悔恨。

叔父の文章からはそれらが滲み出ているようだった。

さらに読み進めると、そこには征太が知らなかった叔父の家族——内縁の妻と息子についての言及もあった。

それは征太に宛てて書いたというよりは、叔父が自分の感じていた孤独と家族への思いをただひたすらに書き綴《つづ》っているだけの文章で、その背後関係を知らない征太には理解できない部分も多かった。

叔父が事実婚関係にあった女性とすでに別れ、その後息子とは長い間会わせてもらえなかったこと。

ようやく再会できることになった時、中学生に成長した息子と何を話すべきかわからず、その事前準備として同じ年の征太と会っていたこと。

息子と会えた喜びも束の間、その後の面会をまた拒まれるようになったこと。

息子と会えない寂しさを征太と会うことで紛らわせていたこと。

そこには征太を身代わりにしていたことへの罪悪感も綴《つづ》られていた。

「そろそろ次の暴露に行かない？」

千恵美の声にハッとして顔を上げると、優香が不思議そうな顔で征太を見た。

「どっちが先行く？　彰士？　優香？」

誤魔化すように言って優香に笑いかけると、彼女はまた慌てて目を逸らす。

「んーじゃあ、俺が先にいくかー」

彰士が伸びをしながら息を吐き出す。優香が逸らしていた視線を彰士に向けた。

その目にはただの好奇心ではない、何か別の色が光っている。千恵美も先ほどまでのリラックスした様子より少し身を固くしていた。

彰士の暴露には、もちろん征太も興味がある。自分がしたあの暴露の後、彼が何を思い、何を口にするのか、そのことが気になった。

彰士が不意に動かした視線が征太のそれとぶつかる。

彰士のその目には、もう責めるような色はない。

ただ、困ったような悲しんでいるような、そして征太を気遣うような優しい感情がその視線には込められている気がした。

ああ、そうか。自分は彰士と、このどうしようもない感情を分かち合いたかったのかもしれない。

そんな思いが征太の胸に浮かぶ。

叔父の手紙を読んだ後、叔父が死んだのは自分のせいではないと言い聞かせることによって、征太の中の罪悪感は多少和らいだ。

しかし、それは完全に消えることはなく、今でも征太の中にしこりとして残り、忘れた頃に疼《うず》き出す。

征太はあれからずっと探し続けていた。胸の内に燻《くすぶ》り続けるこの後ろめたさから逃げる方法を。

そのために、わずかな手がかりから叔父の仕事や息子のことを調べたりした時期もあった。

征太は見つけたかった。叔父が自殺した決定的な原因を。

それを見つけるために心理学の勉強をはじめた。

征太が知りたかったのは自殺する人間の心理などではない。

叔父が自殺した原因が自分ではないという確たる証拠だ。

だからこそ、この暴露会という好機を使って、彰士の前であんな暴露をした。それによって自分の罪悪感を彰士に押し付けようとしたのだ。

おそらく、征太の先の告白を聞くまで自分たちの関係など一切知らなかったであろう彰士。同居していたこの二年の間、幾度となく口にしかけ、そのたびに思い止まってきたこの秘密。

もうこのままずっと黙っていようかとも思っていた。

だが、どうしても我慢できなかった。この罪悪感を自分の内に留めておくことができなかった。

そして少なからず思っていた。少しでも傷つけばいいと。彰士も自分と同じように。

最低だ。

心の中で呟《つぶや》いて彰士から目を逸らす。自分は彰士に何を期待しているのだろうか。

「俺、こういうの苦手なんだよなー。何せ繊細だからさ」

彰士がおどけたように言うのに、千恵美が「繊細？　どの口が言うのよ。早くしなさいよ」と野次を飛ばす。続いて、優香の含んだような笑い声が聞こえた。

征太はみんなのやり取りに曖昧《あいまい》に笑いながら、カップの中に残っていた酒を腹に流し込んだ。喉の奥を熱い何かが通っていく。

彰士に視線を戻す。酔った頭で彰士を見ていると、時たま叔父を見ているような気分になる。

そして、叔父が征太に残した手紙の最後が何度も頭の中で繰り返されるのだ。


『彰士に会いたい』


叔父の手紙の後半には、彰士への思いがひたすらに綴《つづ》られていた。

叔父は何よりも自分の息子を激しく恋しがっていた。

息子ともう一度親子として時を過ごすこと、それだけが叔父の願いだった。

『君に会えない日々が辛すぎて、僕はもう生きていられない』

手紙に込められた叔父から息子への感情は、当時中学生だった征太にさえ痛いほどのものだった。

そして手紙の最後はこう結ばれるのだ。

『彰士、君を心から愛している。たとえ君が僕の本当の息子じゃないとしても』

彰士

驚きを通り越して、彰士の心のうちに湧き上がったのは怒りだった。

なぜ。いまさら。いつから。こんなところで。

ぐるぐると回る思考に支配され、目の前が真っ白になってしまったような錯覚に陥《おちい》る。立ち上がった気配を感じ取って不意にその背を目で追った。

ガラス戸の反射で絡み合った視線に、映り込んだ自分の責めるような目の色に、征太がびくりと体を揺らした。

彰士の視線を振り切るようにガラス戸を引き開けた征太の向こうから、まだ涼しい春の風が吹き抜けてくる。

前髪を揺らしたその風にさえも薄く苛立ちを感じ、彰士は視線を落とした。

振り返った征太の目を避けるように、テーブルの上に広げられた菓子類に手を伸ばす。しかし口の中に入れたそれは何の味もせず、結局自分が何を口にしたのかさえもわからないまま噛み潰した。

こんなところで、こんな形で……

たまたまサークルが同じで、利害が一致したために一緒に暮らすようになった仲間。ほどほどに仲が良いわけでも悪いわけでもない。共に時間を過ごしていても苦にならない、気の置けない相手。

この二年、征太に対して抱いていたその印象が、最後の最後にこんな形で覆《くつがえ》されるとは彰士はまったく予想していなかった。

征太はいつから知っていたのだろうか。彰士さえ知らなかった自分たちの関係を。

まさか出会った時から？　どうやって？　知っていたなら、なぜ今まで黙っていたのだろうか？

湧き上がる疑問に、しかし答えは見えてこない。

それでは征太が彰士に近づいたのは、征太の叔父——彰士がかつて父と呼んだその人が理由だったのだろうか。

裏切られて傷ついたような気持ちと、今になって再び襲い掛かってくる過去への悔恨。

しかし彰士には征太を責める資格などない。

むしろ責める資格があるのは征太の方だ。

優香と千恵美に穏やかに笑う征太をちらりと盗み見る。

あんまり似てないいんだな……

かつての父の面影が見つかるかもしれないと再び盗み見た征太には、彰士の知っている名残は見て取れない。

それとも自分はすでに父の姿を忘れてしまったのか。

だからだろうか。

だからこそ、父が征太を通して語りかけてきたのだろうか。

忘れるな、と。

かつての罪を。彰士たち親子の業を。

バカバカしいと思いながらも、小刻みに震える手を押さえつけるように目の前のグラスを握りしめた。

◇◇◇◇

九歳を数か月過ぎる頃まで、彰士は両親と三人で小さなアパートの一室で暮らしていた。

両親は籍は入れていなかったらしい。小学校に入る頃には子どもながらに母と自分の苗字が父のものと違うことに密かな疑問を抱いていたが、それについて両親に詳しく聞いたことはない。

おまけに家は貧しく、母が夜の仕事に出ることでようやく家族三人暮らしていた事情もあり、近所からは冷たい目で見られていたようだ。近所のおばさんが彰士を見かけるたびに、汚いものでも見るような目をしていたのをよく覚えている。

彰士の服はいつもボロボロ。ランドセルや体操服は誰かのお古。家にテレビがなかったので当時流行《はや》っていたテレビ番組の話題にはついていけず、もちろんゲームも漫画も買ってもらえない。

そんなことでクラスメイトたちから爪はじきにされることの多い彰士ではあったが、家に帰れば優しい父と美しい母が迎えてくれる。それは彰士にとって紛れもなく幸せな家族との思い出だ。

仕事がなんであれ、母の若さと美しさはクラスメイトの親と比べて抜きん出ていた。普段は意地悪をしてくるクラスメイトも、授業参観や運動会で彰士の母親を見ると目を丸くする。それが嬉しくて誇らしかった。

そして、昼間からぶらぶらしているなどと近所で噂されていた父親も、ひとたびキャンバスと向き合えばその手で鮮やかな世界を描いていく。家族三人揃うだけでいっぱいになってしまう狭いアパートで懸命に自分自身をキャンバスに刻み付ける父の後ろ姿は、彰士の自慢だった。

そのいつまでも続くと思っていたささやかな幸せが崩れたのは、彰士が小学校四年生へと進級する直前。

ある日、学校から帰ると、まだ出勤までには時間があるはずの母が綺麗に身支度をして玄関で待っていた。

母は彰士が帰ってくるや、何も言わずに少しばかりの荷物と彰士の手を掴んで父に背を向けた。

筆を手にしたまま呆然と立ち尽くす父に見送られながら、何が起こっているのかわからず母に手を引かれるままに歩く。母と手を繋ぐなんて久しぶりだったが、彼女の切羽詰まった様子と、まるで彰士を逃すまいとするかのような力の強さにおののいた。

お父さんは？　一緒に行かないの？

何度か開きかけた口をそのたびに閉じる。

どこに行くかよりも、なぜ父が一緒でないのかが気になる。それでも母にはそのことを聞けない。

母に連れられて電車を何度か乗り継ぎ、人生で初めて訪れた豪華な建物のロビー。そこで彰士たち親子を待ち構えていたのは、ぴしっと糊の利いたスーツを着た立派な男性。

「彰士君、今まですまなかった……」

おじさんは彰士の視線に合わせるように腰を屈めると、悲しげな表情でそう言い彰士を抱きしめた。

父よりも少し年上の、いかにも威厳のある紳士。抱きしめる腕は優しいけれど、どうしていいかわからず彰士は直立するしかない。

大人の匂いのするその人の腕の間から母を見上げると、母は今まで見たこともないような笑顔——ハリボテみたいな、人形みたいな笑顔で、ただ静かに彰士を見下ろしていた。

その時の感覚を何と表現すればよいのか、彰士にはわからなかった。

いつも優しく美しい母のその笑顔に。いつも微笑みかけられれば嬉しくてソワソワしていたはずの母に対して感じたのは、得体の知れないものを見た時のような恐怖だ。

背中を這い上がる何か。

ぶるりと震えそうになる体を押さえつけるように身を固くして、腹の底に何かが溜まっていくのを感じる。

お母さん、この人は誰？

僕はどうなるの？

お父さんはどうなるの？

「私たちは家族になったのよ」

母の口から出た言葉に、彰士の予感が確実になる。

お父さんとお母さんは別れたんだ。

にこりと笑った目の前のおじさんが「僕のことはお父さんと呼んでくれて構わないよ」と優しく囁《ささや》く。

その言葉に曖昧《あいまい》にうなずきながら、思い浮かぶのは最後に見た父の顔。

ちゃんとさよならを言うことができなかった、父の悲しそうな顔。

「まだ早いかしらね。ゆっくりでいいのよ」

そう言って再び笑った母は、やはり人形のように美しい。

なんでこの人は笑えるのだろうか。父にあんな顔をさせて。

優しく美しく大好きだったはずの母親の笑顔が、途端にくすんで見える。

僕らはお父さんを裏切ったんだ。

唐突に理解したその事実に、彰士の腹の底に溜まった何かがぐるぐると渦を巻いた。

「私、坂井《さかい》先輩と付き合ってるんだよね」

それは彰士と母が父を捨てた数年後の出来事だった。

父を裏切った母へのわだかまりはありつつも、幼かった彰士には何をどうすることもできない。母への愛情も否定できない。共に暮らすようになったおじさんとは親子になりきれず、かと言って他人とも言い難い。そんな宙ぶらりんな状況に、そのまま父を忘れることに集中して過ごすしかなかった彰士が、初めて男女の関係というものを体験した中学一年の春。

ベッドの中で口付けを交わしていた相手の口から飛び出たのが、先の言葉だった。

彼女は彰士と同じ中学のクラスメイトで、いわゆる学校のアイドルだった。入学するや彼女の可愛さは瞬《また》く間に噂になり、休み時間には彼女の姿を見ようと他クラスだけでなく二年や三年の男子も教室前に群がるほどだ。

思春期真っ只中だった彰士も例に漏れず、彼女の愛らしいルックスと誰にも平等に注がれる明るい笑顔に、恋とも言えないようなちょっとした憧れを抱いていた。

委員会で帰りが遅くなったある日、たまたま下駄箱で鉢合わせした彼女と一緒に帰ることになった時、彰士は柄にもなく舞い上がってしまった。ろくに話もできない帰り道、彼女に嫌われるのではないかとそんなことばかりが気になった。

そのまま家に誘われた時は、彼女も自分に気があるのではと期待した。今日は家族が帰ってこないと告げられた時は心臓が口から飛び出るかと思った。

そして彼女の部屋で突然唇を奪われた時には、眩暈《めまい》で倒れそうになった。全部が初めてのことで頭が真っ白になり、わけもわからないままあっという間にすべてが終わった後、同じベッドに横たわる彼女の顔を見てやっと現実味が湧いてきた。

あまりにも夢中で彼女を気遣うことができなかったため、傷つけてしまったのではないか。

急に不安になり、声をかけようとしたその時、彼女は薄紅色の唇を開いた。

「坂井先輩って怒ると何するかわかんないでしょ？　だからこのことは二人の

秘密ね。紀藤君もその方が都合いいでしょ？」

悪戯《いたずら》っぽい笑みを見せて起き上がり、服を着はじめた彼女の後ろ姿に、フワフワしていた気持ちがサアッと引いていくのを感じる。

「ねえ、紀藤君って私のこと好きなんでしょ？　私も紀藤君のことちょっといいなって思ってたんだよね」

髪をとかしながらそう言った彼女は、いつも教室で見るのとはまるで別人だ。どこか見下したように彰士に笑いかける彼女が知らない女に見える。

耳から入った彼女の言葉が、彰士の腹の底で汚い物に変化し、それが喉元へせり上がってくる錯覚を覚えた。

「坂井先輩にバレないようにしなきゃいけないけど、それでもいいなら付き合ってあげてもいいよ？」

わざとらしい上目遣いに媚《こ》びたような仕草。

今まで鮮やかに感じていた彼女の表情や身振りすべてが、くすんだ色に染まっていく。

「は？　誰があんたみたいな汚い女。願い下げだよ」

自分でも驚くほどするりと出た言葉を捨て台詞《ぜりふ》に、彰士は素早く下着とズボンだけ身に着けると、残りの服と鞄を掴んで彼女の部屋を飛び出した。

背中で驚きと怒りに満ちた彼女の罵声を聞きながら上着に袖を通し、階段を駆け下りて靴に足を突っ込む。そして追い立てられるように彼女の家を出た。

ひたすら走ってやっとの思いで自宅に辿り着くと、すぐにバスルームに飛び込む。

肌に残った彼女の感触が気持ち悪く、体を無茶苦茶に洗いながら何度も胃の中のものを吐き出した。

「彰士。どうしたのよ、急に？」

バスルームの外から不審そうに問いかけてきた母親の声に、昔別れた父の顔がフラッシュバックする。

なんでだよ！

誰にともなくそう怒鳴りつけたい衝動を抑え、バスルームにシャワー音が響く中、彰士はただ排水口へと流れていく水流に目を凝らした。

翌日の気分は最悪だったし、彼女と顔を合わせるのが酷く憂鬱《ゆううつ》だったが、そんな理由で学校を休むわけにもいかない。仕方なく遅刻ギリギリで登校すると、彼女の方が学校を休んでいた。

それにほっとしていたのも束の間、昼休みに彼女が付き合っていると言っていた坂井先輩に呼び出しをくらった。

どうやら、彼女の家から走り出て行く彰士の姿を誰かが見ていたらしい。

札付きの不良である先輩に有無を言わさずボコボコにされ、彰士の初体験はさらに最悪な思い出へと変化した。

その翌日に、おそらく怒り狂った坂井先輩に殴られたのであろう彼女が、顔に大きな青あざを作った痛ましい姿で登校してきたのを見た時も、クラスメイトやファンたちが心配の声を上げる中、彰士はただ冷めた視線を投げるだけだった。それ以降、彼女とは二度と口をきいていない。

冷静に考えると、彼女の側からすれば彰士も相当酷い男だっただろう。過程は何にせよ勝手に彼女に期待して、誘われるままに馬鹿みたいについていって、そして彼女と寝たのだ。

だが頭ではわかっていても、彰士はどうしても彼女への嫌悪感を拭うことができなかった。

恋愛経験などほとんどなかった当時の彰士にとって、彼女の行いは母親の父親への裏切りを想起させるものだったからだ。

思えば彰士の女性観のベースを作ったのは母親との関係と、この時の初体験だろう。

同年代だろうと年が離れていようと恋愛関係だろうとそうでなかろうと、女性と深く関わるたびに起こる、彰士にとって不条理な出来事。

なまじ容姿が優れているだけに、それだけで向けられる女性たちからの好意にもほとほと嫌気がさしていた。それも、女性に対する幻想を早々に捨てさせるのに一役買っていた。

しかしその彰士の女性観を多少なりとも打ち崩すきっかけとなったのは、大学に入学して出会った千恵美だった。

◇◇◇◇

「紀藤、見ろ。あそこの子結構いい感じ。胸もでかい。あ、あっちも。おお、おい！　ミスC大候補もいるぞ。ん？　あの横の子もすげえ可愛い。何だよこのサークル、女子レベル高いじゃん。インカレサークルだと人数も増える分、可愛い子のいる確率も高いってか？」

耳元で響いた友人、竹沢《たけざわ》の声に「ふーん」と気のない返事をする。

この竹沢に連れ回され、一体いくつのサークル説明会に顔を出しただろうか。正直サークルに入る気など彰士にはないので、今までどんな説明会に出たかなども覚えていない。

彰士を連れ回す竹沢はというと、サークルの説明もろくに聞かず、終始そこに集《つど》う女子の顔と胸と足ばかりをチェックしている。

彼がどや顔で「あれはEあるな」などとほざいているのを無視して、彰士は何となしに周囲を見回した。

さすがにインカレサークルとなると、今まで出たC大内のサークル説明会より集まる人数が多い。

だが大学生とはいえ、まだ新入生ばかり。そこに集まるほとんどがその顔に幼さを残している。

彰士は本当は大学入学を機に一人暮らしをはじめたかった。しかし学費も生活費も親の金に頼っている状態でわがままは言えない。

だから一刻も早く家を出るためにバイトに明け暮れる予定だ。一年でも二年でもとにかくバイトをしまくって一人暮らし用の生活費を貯める。

そのためにはサークルに入って最後の青春を謳歌《おうか》する暇など彰士にはない。

「あ、そうだ。今度また合コンある。お前ももう頭数入ってるから」

「はあ?　またかよ。この前付き合ってやったばっかじゃん」

非難するように振り返ると、竹沢は無邪気な笑顔を彰士に向けた。

「いや、だってお前いると女子の食いつきいいし。それにせっかく受験も終わってお互いC大っつーブランド校入ったんだし、パアッと遊んどけって」

「興味ないって言ってんのに」

吐き捨てるように言うと、横で話を聞いていた別の友人が興味深そうに口を挟む。

「なに、紀藤って合コン嫌いなの？　つか、女子嫌い？」

「そそ。こいつこんなでシャイボーイだから」

竹沢が笑いながら適当に答える。

がりがりと頭をかいてそっぽを向くと、竹沢が軽く肩を叩いてきた。それに苛ついて思わず彼を睨む。

竹沢は彰士が彼女を作る気などないことを知っている。知っているからこそ合コンに誘うのだ。

合コンに行けば彰士の容姿に惹かれる女子が必ず一人はいた。

ほとんどの場合は冷たくあしらえばそれで終わりなのだが、それでもたまに彰士に本気になってしまう風変わりな子がいる。

本気になられれば誠実に振ってやるしかない。そうして彰士に振られた傷心の女の子に優しく声をかけて良い仲になるというのが、竹沢の常套手段なのだ。時にそのことで周囲から白い目で見られているが、竹沢本人がそれを気にした様子は一度もない。

彰士はというと、竹沢に利用されていると言われればそうなのだが、過程やきっかけがどうであれ人が誰かと付き合うのは本人たちの自由だと思っているので、竹沢の行動を何とも思ったことはない。

別段親しいわけでも常に行動を共にしているわけでもないが、竹沢とは高校時代からの腐れ縁が続いていた。

一緒にいて居心地が悪くないので付き合いをやめるつもりはないが、竹沢は高校時代から女性関係にガツガツしすぎていて一緒にいるとたまに疲れる時がある。

ため息交じりに竹沢から目を逸らすと、向こうの方で何かが光った。自然とその光を追うと、その先で一人の女子のブレスレットが太陽の光に反射して眩しく光っている。

なんだ反射か、と目線をブレスレットの彼女から少しズラしたところで、彰士の目に黒髪の女子の姿が留まった。その瞬間、彰士の心臓が激しく脈打つ。

そんな、まさか……

驚きのあまり口をあんぐりと開けた。

目に映る彼女の姿が本物なのかどうか確かめようと何度も瞬きする。白昼夢を見ているような感覚で呆然と立ち尽くしていると、背後で鼻を鳴らした竹沢が彰士の肩に腕を回した。

「おお、さすがの紀藤君もミスC大候補には興味がおありかな？」

「ミス、C大……？」

黒髪の彼女から視線を外せないまま呟《つぶや》くと、竹沢は得意げに指差す。

その指は黒髪の彼女と話すブレスレットの女子を示した。

「そそ。お前も知ってるだろ。今年我らがC大法学部に入学してきたトリプルAランク美女の仙堂千恵美。なんせ顔がいいだけじゃなくてスタイルもいい。胸もでかい。秋のミスコンにエントリーしたら優勝間違いなし。ま、ちょっとお高くとまってる感じはするけど、彼女がこのサークル入るなら俺も入ってお近づきになりたいなー」

「ああ、仙堂……」

仙堂千恵美の噂は、この一週間のうちに彰士の耳にも入っている。言われてみればブレスレットの彼女には見覚えがあった。

だが今の彰士には仙堂千恵美のことなどどうでもいい。するとその様子に気づいた竹沢が目を光らせた。

「お？　もしかして紀藤、仙堂千恵美の横の子が気になってる？　さっき俺もいいと思ったんだよね。ショートボブって最近流行だけど似合う女子ってそういないし、しかも黒髪で似合っちゃうってのがまた……。そうか、紀藤は仙堂千恵美みたいな綺麗系より、ああいう純情可愛い系が好きか」

「別に、そういうわけじゃ……」

耳元でまくしたてる竹沢の声を煩《わずら》わしく思いながら呟《つぶや》いて、黒髪の彼女から名残惜しく視線を外す。

視界の隅で彼女がこちらに目を向けた気がして、彰士はギクリと身を強張らせた。

入学してみると法学部というのは意外と忙しくない学部だ。

司法試験を受けるのであれば、それこそ一分一秒を無駄にせず勉強に明け暮れる日々だが、そうでない学生はほとんどがバイトするなり部活やサークルに入るなり学生生活を謳歌《おうか》する。つまり、一般的な文系大学生となんら変わらない生活を送れるのだ。

彰士の学生生活はどちらかといえば後者だった。もともと法律に興味があったわけでも、その関係の仕事に就きたくて法学部を選んだわけでもない。ただ有名大学に進学してほしいという母親の願いを叶えるためにC大を選び、進路指導の際に深い意味もなく法学部という言葉を口にしてしまっただけ。

だからこそ入学してからは勉強にも大学生らしい生活にも身が入らない。かろうじてサークルには入ったものの、周りがC大というブランドを武器に合コンや飲み会に明け暮れる中、初体験のトラウマが尾を引き恋愛にも及び腰——というよりも、むしろ女性と関わることが面倒でたまらない。

それなのに彰士のルックスに惹かれ、入学直後はやたらに女子が彰士に群がった。しかし彰士の冷たい態度のおかげで、それもようやく落ち着いてきた。

「紀藤君、今度の田畑《たばた》教授のグループプレゼン一緒にやらない？」

そんな折に突然話しかけてきた仙堂千恵美に、彰士は本当に自分に話しかけたのか確認するように思わず周囲を見回した。

同じ大学、同じ学年、同じ学部、おまけに同じサークル。他の同級生に比べれば見かける頻度も同じ空間にいる時間も長い彼女。されど今まで話したことなどほぼない、ただの同級生。彰士が彼女に特別な興味を抱いたことはなく、そしてそれは相手も同じだと思っていた。

現にミスC大候補とも噂される彼女からは、彰士に対する熱い視線などまるで感じられない。それどころかあまりにも自然すぎて、女性が苦手なはずの彰士はまるで同性に話しかけられたかのような錯覚を起こす。

ちらりと周囲を見回すと、一部の男子からの恨みがましい視線とぶつかる。ミスC大候補と言われるだけあり、千恵美は男子からの人気が高いのだ。

「なんで俺？　いつもつるんでる奴らいるじゃん」

できれば面倒ごとはご免だ。そう思いながら発した素朴な疑問に、千恵美はただ肩をすくめた。

「別に、あたし一人が抜けたところで平気よ。それに人間って付き合う顔ぶれがずっと同じだと、考え方に偏りが出て新しい発想ができなくなると思わない？　人間関係も新規開拓、定期的刷新が必要よ。もちろん前からの人間関係を大切にすることも大事だけどね」

なんだそりゃ。

彰士が聞きたいことはそういうことではない。微妙に論点をずらされていることを感じつつも、それ以上つっこむのも変な気がする。

「まあ、いいけど」

いつもなら一蹴していたであろう女子からの誘い。それなのにするりとそう答え、彰士は自分で自分に驚いた。

「本当？　約束よ！　紀藤君、今日は何限まで授業あるの？」

「今日は次の授業で終わり……」

途端にぱっと華やいだ彼女の表情に気後れしていると、千恵美は今度は不敵に笑った。

「あ、そ。じゃあ一緒にお昼でもどう？　プレゼンどんな内容にするかとか今後のスケジュールとか軽く決めときたいし。それにお互いのこと、もう少し知り合っておきたいじゃない？」

とんとん進む話になんだか彰士の頭はついていかない。適当に相槌を打ちながら手早く連絡先の交換まで済ます。

「じゃあまた後でね！」

意気揚々と歩いていく彼女の後ろ姿。まだ初夏だというのにノースリーブにミニスカートといういでたちの彼女に、本格的な夏になったら全裸にでもなる気だろうかなどとどうでもいい考えが頭をよぎる。

変な女。

離れて行く千恵美の背中に一瞥《いちべつ》をくれて、彰士は心の中で呟《つぶや》いた。

グループプレゼンを一緒にこなして以来、千恵美はことあるごとに彰士に構ってくるようになった。同じ授業では隣に座ってくるし、構内で見かければ追ってくる。

グループの課題やテスト勉強には当たり前のように誘われるようになった。

しかし不思議と他の女子のような煩《わずら》わしさがなかったのは、彼女のざっくばらんな性格もさることながら、何よりも彼女が彰士のことを恋愛対象として見ていなかったのが本能的にわかったからだ。

千恵美と恋愛の話なんてすることはなかったが、何となく彼氏ぐらいいるだろうと思っていたし、だからこそ彼女は自分を恋愛対象として見ないのだと思い込んでいた。

中一以来なるべく女子との関わりを避けて来た彰士にとって、千恵美はほぼ初めてと言える女友達だった。

おかげで接し方が微妙にわからず自分でも小学生かと呆れるような態度を取ってしまうこともあったが、千恵美はそれに逐一付き合ってくれる。

その関係が心地よすぎて少し甘えすぎていた部分もあっただろう。

「あたしたち、付き合おうか?」

夏休み直前の図書館でテスト用のノートと睨めっこをしていた彰士の耳に、千恵美の潜《ひそ》めたような声が届く。

それが自分に対する言葉だと理解するのに時間がかかり、彰士は顔を上げて向かいに座る千恵美をぼんやりと見た。千恵美は悪戯《いたずら》っぽい笑みをたたえている。

話をするようになってから今まで、千恵美が自分に恋愛としての好意を持っている素振りはなかった。

恋愛経験はほとんどないにしても、そういった好意を女子から嫌というほど向けられてきた彰士にはその確信があった。

それなのに、ここに来て千恵美の告白だ。

自分はどこで間違ったのだろうか。

頭をフル回転させて今までの千恵美とのやり取りや態度、表情を思い出すが心当たりはない。

まさか最初から？　いや、そんなわけはない。千恵美の悪戯《いたずら》という線もある。

でも、もしも本気だったら？

様々な思いが頭をよぎる。彰士は混乱したままノートに視線を戻した。

もしここで断っても、ただの冗談だった、で済めば良い。だけどもし千恵美が本気だったとしたらどうなるだろうか。

きっともう今までの関係には戻れない。

そう思い至った瞬間、彰士の乾いた唇が自然と開いた。

「いいよ」

自分でも驚くほど硬く無機質な声。途端、千恵美が「えっ」と心底驚いたような声を出す。

もしかして本当にただの悪戯《いたずら》だったのだろうか。そのことを期待して彼女を見ると、千恵美は気まずそうな顔をした。

「いや、なんかさ。いいの？　あたしで？」

千恵美は今の告白を否定しない。ただ、何か言いたそうな目をしたまま彰士を見つめる。

なんだ、それ。

呆れと肩透かしとよくわからない感情に襲われながら、千恵美の視線に耐えられなくなって目を逸らす。

寒いぐらいに冷房が効いた図書館の中、冷や汗が彰士の背中を伝っていく。

「千恵美といると楽しいし、楽だよ、俺は」

そう、だから傷つけたくない。彼女を、このかけがえのない友人を失いたくない。それが彰士の素直な気持ちだ。

「ああ、そっか……」

しばらく呆けたような顔をしていた千恵美は、妙に納得したように呟《つぶや》いて視線を落とした。そしてまた顔を上げると、なぜか傷ついたような顔をして彰士に笑いかけた。


そうして付き合いはじめてからの千恵美は、それまで以上に彰士に心を開くようになった。

付き合っていることこそ誰にも言わなかったが、それでも二人の距離がどことなく縮まったことを感じる人間は多かったのだろう。ほどなくして二人の関係は大学内外で噂されるようになった。

彰士は竹沢をはじめ、親しい男友達にずいぶんとそのことを追及されたし、それは千恵美も同じようだった。

「でも優香はそういう話はいっさいしてこないのよね。やっぱりあの子、変わってるわ」

付き合って以来、千恵美はサークルで仲の良い鈴浦優香についてよく語るようになった。それは他愛もない日常の話だが、いつも千恵美は何か大事な思い出を語るかのように話す。

「ふーん」

千恵美の話に相槌を打ちながら興味のない振りをする。

優香の話をする時の千恵美は楽しそうだったが、同時に時折見せる翳《かげ》った表情が気になった。

その謎が解けたのは、大学に入って初めての夏休みに行われたサークルの夏合宿だ。

合宿のプログラムの一つを担当していた千恵美は忙しそうに動き回っていて、彰士と過ごすことはほとんどなかった。

何事も頑張りすぎるきらいがある千恵美が、この厳しい気候の中、倒れてしまうのではないかと少しハラハラしながら彼女を見守っていた彰士は、合宿中に今までに見たことのない千恵美の表情を何度も目にした。

まるで最愛の人と一緒にいる時のような幸せな笑顔。そしてその幸せを噛み締めるかのような切なげな瞳。

忙しい中にあって彼女がそんな表情を見せる時、その視線の先には常に優香の姿があった。

ズキリと彰士の胸が痛む。

千恵美は決してあんな表情を彰士には見せない。あんな目で彰士を見つめない。

彼女が彰士に見せるのは、悪戯《いたずら》っぽかったり勝ち気だったり――おそらく一番の親友に見せるような表情だけだ。

だからこそ彰士は、付き合う前の千恵美が自分に恋愛感情を持っていないと思っていたのだ。そしてその勘は実際に当たっていた。

千恵美が好きなのは自分ではない。

わかりきっていたはずなのに、それを望んでいたはずなのに、彰士の心はその事実に酷く傷ついた。

そしてその時にやっと気づいたのだ。

自分の心の在処《ありか》に。

夏休みももう終わろうとしている九月のある日。千恵美の家で映画を見て、いつも通り過ぎていくはずだったその日。

さっきまで穏やかだった彼女が、今は彰士の腕の中で泣いている。

特に感動するシーンがあるわけでもない、よくある恋愛映画。

陳腐《ちんぷ》なエンディングとけたたましいほどに響くセミの鳴き声をＢＧＭに、彼女の啜り泣きが聞こえる。

合宿で彼女と自分の本当の心を知った後、彰士はこの一か月自分の心を押し殺すことに専念してきた。

自分の気持ちが溢れてしまわないように口数が減ったし、そのせいで千恵美と顔を合わせるのは辛かった。

千恵美も何かを感じ取っていたのだろう。二人の間に流れる空気が重いものになっていき、彰士の心は窒息しそうだった。

「彰士、何であたしと付き合ってもいいって言ったの？」

嗚咽《おえつ》交じりの彼女のくぐもった声が、彰士の腕の中で「なんで、なんで」と何度も響く。

なぜ。そんなのは決まっている。千恵美を失いたくなかったからだ。そしてもしかしたら彼女のことなら……

「千恵美のことなら好きになれると思った。なれたら幸せだと思った。けど……」

けど、それだけじゃ駄目だということに彰士は気づいてしまった。自分が彼女を好きになっても、彼女が自分を好きにならなければ意味がなかった。

脳裏に浮かぶのは、優香に向けられた千恵美の笑顔。ズキリとまた胸が痛む。

「……千恵美も、好きなのは俺じゃないだろ？」

淡々と、搾り出すように言葉を吐き出す。まるで自分の心も千恵美には向いていないかのように。

千恵美は一つ大きく息を吸うと少しだけ彰士から距離を取った。離れて行く彼女の体を彰士の腕が自然と追う。彼女は静かに彰士を見つめた後、ほんの少し笑った。

「じゃあ、別れようか」

彼女の口から出た言葉に、彰士は引き裂かれそうな思いのままうなずく。千恵美の瞳から一つ涙がこぼれた。それを見て堪らず彼女をまた抱き寄せる。

こんなことになるなら、あの時あの図書館で最初から断っておけば良かった。そうすればきっと千恵美にこんな思いをさせることも、自分の心に気づくこともなかった。

「ごめん」

彼女の耳元で囁《ささや》いた言葉に、千恵美はただ首を振った。

しかし彰士には自分が何に対して謝ったのか、そして彼女がそれに対して首を振ったその意味が、最後までわからなかった。


母から話があると呼び出しがかかり、彰士は引越し以来、久しぶりに実家に戻った。

何か大事な話のようだったので、バイトのシフトをバイト仲間に代わってもらい昼間に戻ったというのに、母は外出している。

暇を持て余し、映画でも見ようかと開いたテレビ横の棚には、おじさんが趣味で集めた映画のＤＶＤコレクションがズラリと並んでいる。

おじさんが亡くなってから数年。彰士はこの数年でおじさんのコレクションのほとんどを制覇していた。

そろそろこれにも整理をつけなきゃな。

頭の中でそんなことを考えながら、その中の一つを手に取りＤＶＤプレーヤーへと送り込む。

そうして一本目の映画を見終わり、彰士が二本目の映画鑑賞に耽《ふけ》る中、夕方にようやく帰宅した母は、彰士を見るなりどこかよそよそしく振る舞った。それを怪訝に思いながら、気まずい雰囲気のまま二人で静かな食卓を囲む。

すると母がポツリと呟《つぶや》いた。

「ねえ彰士。あたし再婚しようと思うんだけど」

何も言わずに顔を上げると、母は彰士から無表情に目を逸らす。

昔から変わらない美しさを保つ母は、今日も年齢に見合わない派手な装いで外出していた。おそらく再婚を考えている相手と会っていたのだろう。

「……どんな人？」

寂しがり屋の母のことだ。彼氏の一人や二人いることは予想していたが、まさか再婚まで考えるほどの相手だったとは。面食らいながら尋ねる。

「お医者さんよ。あそこの市民病院の。彰士も会ったことあるわよ。ほら、克《かっ》史《し》さんを手術した山辺《やまべ》先生。覚えてる？」

母の答えにさらに驚いて目を見開く。

「おじさんを手術した先生って……。連絡取り合ってたの？　まさかあの時から？」

「ううん。偶然会ったの。一年ぐらい前かな。たまたま。それで、あの時の話になって改めて謝られて……。それから何となく連絡取るようになってね」

慌てて手を振った母に、彰士は視線を落として憂鬱《ゆううつ》な気持ちでもう一つ尋ねる。

「……山辺先生っていくつ？　結婚してなかったの？」

その問いに、少しの間を置いた母がわざとらしく明るい声で答えた。

「四十八ですって。ずっと独身だったみたい。真剣にお付き合いした人は何人かいたみたいだけど、どの人ともご縁がなかったって……」

そう言って小声で「本当よ」と付け足した母の手が、テーブルの上で軽く拳を作っている。彰士は「ふーん」と興味なさそうに鼻で答えると、また視線を母に戻した。

「いいんじゃない。俺は反対しないよ」

なるべくさっぱりとした声音で言うと、母がパッと顔を明るくした。

「本当に？　良かった」

そうして笑った母に目を注いだまま、彰士は「でも」と付け加える。

「俺はこのままおじさんの籍に入れといてくれる？　今さら新しい父親もないし、学校とか今住んでる家とか届出が面倒だし」

彰士の言葉に母はキョトンとした顔で首を傾げた。

「彰士はあたしの子だから、あたしが再婚したら自動的に山辺先生の子になるんじゃないの？　名字とかどうなるの？」

「養子縁組しなきゃ俺と山辺先生の間に親子関係は生まれないよ。だから母さんが山辺先生と結婚しても、俺の名字は紀藤のまま」

だが母はピンと来ていないようだ。母はいわゆる生活力に乏しい人間だ。おじさんが事故で急逝した時も、葬儀の手配やその後の各種手続きも、おじさんの仕事仲間や親族に頼りきりだった。

おかげでおじさんの親族からどれだけ嫌みを言われ、肩身の狭い思いをしたかしれない。

気まずそうな表情でまるで子どものように顔をうつむかせる母に、短く嘆息する。

「子どもが十五歳以上の場合、再婚相手と養子縁組するかどうかは子どもに決定権があるんだ。俺は山辺先生とは養子縁組しないよ」

ついこの間、大学の授業で教授が余談として話していたことだ。こんなにすぐ役に立つ時が来るとは、と思っていると、母がおずおずと口を挟んだ。

「でも、名字が違うといろいろと不便じゃない？　それに山辺先生の遺産の相続とかどうなるのかしら……」

母が言いさした言葉に苛ついて、彰士は箸をテーブルに置いた。

「母さん、俺の学費や生活費ならおじさんの遺産で十分すぎるだろ。バイトもしてるし。あと二年もすれば俺も卒業して就職するんだ。後のことは自分で面倒見るよ」

睨みつけるように言うと、母は気まずそうにまた目を逸らす。

「そう、そうね。そうよね。でもね、あたしも彰士のことを考えてて……この再婚だってそう。彰士のためを思ってのことだったんだけど……」

言い濁《にご》して黙り込んだ母に、またか、と言い得ぬ苛立ちが募る。

母は自分の人生において何か大きな決断を迫られると、必ず「彰士のため」と口にする。

子どものことを考えるのは母親としては当然のことだろうが、彼女のそれはすべての責任を彰士に押し付けるための言い訳のような気がしてならない。

「あのさ、俺は今さら父親が欲しいとは思わないし、面倒を見てもらおうとも思えないよ。あっちだってこんなデカイ息子ができたところで情なんて湧かないだろ」

彰士はすでに成人している。たとえ養子縁組したところで名ばかりの親子になるだけだ。煩《わずら》わしいだけでメリットがあるとも思えない。

「そんなことないわよ。山辺先生ってとても優しいから、彰士のこともちゃんと可愛がってくれるわよ。そう思ったからこそあたしは……」

そう言った母親は彰士の目を見て黙り込み、また気まずそうに視線を外した。

「とにかく、俺は今のところおじさんの籍から出る気はないから。再婚については俺のこと抜きでもう一度ちゃんと考えれば？」

冷たく言い放つと、母は顔をうつむかせて立ち上がった。目尻に涙が溜まっている。

外ではその美しさをひけらかすように自信満々に振る舞う母は、家の中では途端に気弱になる。

彼女は決して周囲が思うような強《した》かで狡猾《こうかつ》な計算高い女ではない。父を捨てて、おじさんと結婚した時と同じく、今回の再婚もどうせ相手の男に強く押され、流されて決めようとしたに違いない。

自分の部屋に入っていく彼女の背を見送ることもせず、彰士は食卓の上を片付けはじめる。一気に食欲がなくなった。

一事が万事こんな調子の母は、昔からその流されやすい性格のせいで様々なトラブルを引き起こしてきた。昔の仕事仲間におかしな壷を売りつけられそうになったり、新興宗教に引きずり込まれそうになったり。

そのたびに彰士やおじさんは苦労して、そういった手合いと母との縁を切ってきた。

手のかかる母親は彰士にとって、いつの頃からか母ではなく妹や娘のような存在になっていた。母親とのこの関係もまた、彰士の女性に対する苦手意識に拍車をかけている。

夕飯の残りを保存容器に詰め、食器をすべて流し台に置く。キッチンからほど近い母の部屋から薄く泣き声が聞こえてきた。

まるで悲劇のヒロインだな。

漏れ聞こえる啜り泣きに苛立ちを隠せず、彰士は蛇口を捻る。

どんなに被害者を装っても、自分たちは所詮、裏切り者なのに。

蛇口から流れ落ちる水を見つめながら、彰士は苦く口の端を引きしぼった。

小学生の頃に別れた父と思いがけず再会することになった時、彰士はすでに中学一年生になっていた。

塾の講習から帰ってきた土曜の昼。その当時は家にこもりがちだった母が珍しく外出用のお洒落《しゃれ》をして彰士を出迎えた。

「出かけるわよ」

ばっちり化粧を決めた母は外向きの顔でそう言って歩き出す。彰士は塾用の鞄を部屋に放り込むと何も言わずに母に続いた。

「どこ行くの？」

マンションの外で掴《つか》まえたタクシーに乗り込んだところでようやく尋ねると、母はちらりと彰士を見て目を逸らす。

「太樹さんに会いに行くの」

母が緊張の面持ちで答える。彰士はびっくりして思わずシートから飛び上がりそうになった。「太樹さん」とは小学四年生の時に別れて以来会っていない、父の名だ。

「なん……で」

今さら、という言葉を呑み込む。

会えなかったこの三年半は幼かった彰士にとって長い時間だった。だが幼いなりに父についていろいろと整理をつけてきたつもりだった。

それなのに、このタイミングでどんな顔をして父に会えというのだ。最後に見た父の悲しみに満ちた表情を思い出し、彰士は身震いする。あの時は何となくしかわからなかったことが、今ならはっきりとわかる。

母は父を裏切ったのだ。

好意を持っていた異性に気持ちを踏みにじられる痛みを、彰士はつい先ごろの初体験の手痛い失敗を通して知っていた。

父は母を許しているのだろうか。

別れるまで、そして別れてから二人の間にどんなやり取りがあったのか彰士には知りえない。だからこそ傷つけられたはずの父の、母に対する気持ちが気になった。

そして同時に父が自分に対して抱いている感情も。母に連れられてとはいえ、自分もまた父を裏切ったのだ。

さらに彰士の頭にはもう一つの懸念が浮かぶ。おじさんのことだ。

母が結婚して以来、彰士はおじさんとの親子関係も確実に築いてきた。まだ父親だとは思えなかったが、彰士を男として対等に扱ってくれるおじさんとは友情のようなものを感じている。

それなのに、ここで父と会うのはおじさんに対する裏切りにならないだろうか。

駅前でタクシーを降りると、母は迷わずデパートの一階にあるカフェに足を向けた。それに続きながら彰士は迫り来る父との再会に身をすくませる。

休日の親子連れやカップルでざわつくカフェに入ると、入り口近くの席で人影が動いた。父だ。気恥ずかしそうな笑顔でこちらに手を振っているその姿は、このカフェでは場違いな感じがする。

「久しぶり」

裏返った声を出した父は慌てて咳払いして、彰士に着席を促した。

「げん、元気にしてた？」

白髪と皺《しわ》が若干増えた父は、優しい笑顔をたたえてつっかかりながらも彰士に尋ねた。昔から父は緊張するとどんくさくなる。そんなところは変わっていない。

彰士は硬い表情のままうなずいた。

「それじゃ、一時間後に迎えに来るから」

彰士の横で立ったままだった母は、そう言うとカフェの入り口へと歩き出した。てっきり母も同席すると思っていたので、その意外な言葉に彰士はポカンと口を開く。

「利枝子《りえこ》さん、ありがとう」

父がそう呼びかけると、母は一瞬だけ躊躇《ちゅうちょ》しながら振り返った。複雑な表情で一つうなずいてまた踵《きびす》を返す母を見送り、彰士は改めて父に向き合う。父は照れたように笑った。

父と二人きりでの時間は終始ぎこちなかった。互いに緊張していたのもあるし、彰士には気恥ずかしさもあった。

三年半という時間を埋めるためにどうすればいいのかわからなかったし、それは父も同じようだった。やっと二人の間の緊張が解けてきたと思った頃、母が彰士を迎えに再び現れた。

「あっという間だったなあ。でも会えて嬉しかったよ」

母が彰士の横に腰掛けると、父が名残惜しそうにそう言う。

沈黙している時間の方が長かったし、周囲のざわめきにかき消されそうな音量の、あまりはずまない会話ではあった。

だが彰士が一言喋《しゃべ》るごとに嬉しそうに何度もうなずく父の姿を見て、彰士もまた父と会えて良かったと思っていた。

しかし笑顔を交わす二人の横で、ただ母だけが厳しい表情をしている。

「悪いんだけど、これっきりにしてもらうわ」

その言葉がどこから聞こえてきたのかわからず、彰士は周囲を見渡した。視線が母の苦い顔とぶつかる。いつもは皺《しわ》一つない母の顔が、その時は酷くゆがんでいた。

「これっきりって……?」

父が笑顔を貼り付けたまま硬い声で尋ねる。

「そのままの意味よ。彰士と会うのもあたしと連絡を取るのも今日が最後」

先ほどまでの和やかな雰囲気が一気に冷たいものへと変わる。

「どうして?」

震える声で尋ねた父が、まるで自分を落ち着かせるかのように唾を呑む。

「あたしも彰士ももう新しい家庭があるの。この子のためにも旦那の――克史さんのためにもやっぱり……ね」

そう言って母は横に座る彰士の手を握った。まるで三年半前、父を置いて出て行った時の再現のようだ。

彰士はただ母を見つめていた。怒りや悲しみを含んだ様々な思いが瞬時に心に湧き起こり、感情が混乱したまま声にならない。

それを知ってか知らずか、母は彰士の手を握る力を強めた。

「で、でも、僕は彰士の父親だし、それにこの前も言ったけど僕にも有力なパトロンがついたんだ。これからは胸を張って画家として仕事ができるんだ。だから彰士の学費とか金銭的な面でも少しはサポートできると思うし……」

「違うの」

縋《すが》るように言い募る父の言葉に被せる形で、母は言葉を放った。手と口元を震わせて父を見つめるその目尻に涙が溜まっている。

「ごめんなさい。彰士はあなたの子じゃないの」

ピンと張り詰めた空気が辺りを包んだ。彰士も父もただ呆然と母の口元を見つめて待った。彼女が紡ぐ言葉のその先を。

「彰士は克史さんの子なの。あなたが留学するずっと前からあたしたち付き合ってたの」

父の顔から感情が抜け落ちて白くなるのが見て取れた。おそらく彰士自身も同じような顔をしていただろう。

母は最初から、彰士が生まれる前からずっと父を裏切っていたのだ。

隣の席のカップルがこちらを気にしてチラチラと視線を送っては小声で何かを話している。

少し離れた席で赤ん坊が泣き出した。

見知らぬおじさんのいやに明るい声がウェイトレスを呼び止める。

そんな喧騒の中、テーブルに置かれたグラスの氷がカランと鳴った音が、やけに鮮明に彰士の耳に響いた。

父の死について彰士が知ったのは、父との三年半ぶりの再会から数か月後のことだった。

その日彰士が学校から帰宅すると、まだ夕方の早い時間だというのにリビングで母が酔い潰れていた。

すぐさま自分の部屋にこもろうとした時、母の手に握られた一枚の葉書がふと目に留まった。

いつもなら無視するのだが、その時はなぜかそれが引っかかり、彰士は鞄を下ろしながら母に近づくと、その手から葉書を抜き取った。

差出人の佐藤という名前に覚えはない。何の気なしに裏返してみると、そこには父の死を、しかもそれが自殺であることを知らせる内容が淡々と綴《つづ》られていた。

知らせるのが遅くなったことを詫びる文章で締めくくられたその葉書を手に、呆然と立ち尽くす彰士の耳に母のうわ言が届く。

口の中で繰り返されるそれが「太樹さん、ごめんなさい」だとようやく理解した時、彰士の胸はやるせない思いではち切れそうになった。

彰士はあの父との再会の日、父と母を残し一人でカフェを飛び出した。あの時、母の告白を聞いた後で向けられる父からの乾いた視線に耐えられなくなったのだ。

母やおじさんに対する怒りと、父に対する申し訳なさと、ふつふつと湧き上がる悲しみと、吐きたくなるような胸くそ悪さ。

それが全部ごちゃ混ぜになって襲い掛かってくるのに頭が追いつかず、心が砕けそうだった。

気持ちの整理がつかないまま、母とはあの日からほとんど口をきいていない。自分の子でなかったと知り、父が彰士にどんな感情を抱いているのかもわからず、怖くて父に連絡することもできなかった。

そして本当にもう二度と会うこともできなくなった。

父の死に対しての悲しみと、母の身勝手さに対する怒りで爆発しそうだ。なのにその感情とは裏腹に、彰士の目からはただ静かに涙がこぼれ落ちる。拳と心臓と唇とが共鳴して震えているようだ。

それからどれぐらいの時間その場に立ち尽くしていただろうか。

珍しく早く帰宅したおじさんは真っ暗なリビングで佇《たたず》む彰士と、泥酔する母の姿を見つけると驚いた顔をした。

自分の内側に溢れる怒りと悲しみでわけがわからなくなっていた彰士は、手の中でぐしゃぐしゃになっていた葉書を無言でおじさんに突き出した。

おじさんが不思議そうにそれを受け取るのを睨みつけ、その反応をただ待つ。後悔してほしかった。犯した過ちを。それによって取り返しのつかないことが起こったことを。

そして少しでも傷つけばいいと思った。彰士と同じように。母と同じように。

おじさんは時間をかけて葉書の内容を確認すると、一瞬だけ顔を歪め、苦悩の表情で目を閉じた。

そうしてゆっくりと彰士に視線を戻す。まともにぶつかった視線を彰士は逸らさない。

罵倒してやろうかと唇を開きかけたが、彰士の唇はただ震えるばかりで何の言葉も発さない。おじさんはまっすぐに彰士を見つめたまま、静かに「すまない」と一言呟《つぶや》いた。

すまないで済むものか。

怒りで頭の奥が痺れて目の前が揺れる。おじさんへの怒りと、何かに縋《すが》りつきたい気持ちとで混乱した彰士の頬を、もうすでに止まっていたはずの涙が滑り落ちる。

瞬間、頭の隅で父の笑顔が明滅し、彰士はその時ようやく父の死を悲しむために大声で泣いた。

◇◇◇◇

「そろそろ次の暴露に行かない？」

千恵美の言葉にハッとして握りしめていたグラスから手を離す。

「どっちが先行く？　彰士？　優香？」

征太の不自然にも聞こえる明るい声に、優香の顔が曇った気がする。

彼女はこの夜、どんな秘密を明かすのだろうか。

少しだけ、そろりと彰士の背中に不安が這い上がる。

千恵美と征太の予想外の告白で、彰士の心はすでに消耗している。その上で優香の暴露を聞くのが今さらながらに怖い。

この二年間、決して彰士自らは進むまいと決めていたその先へと、彼女が踏み出してしまうのではないか。

「んーじゃあ、俺が先にいくかー」

何気ない風を装いながら伸びをするように居住まいを正すと、三人が一様に彰士へと視線を向ける。

薄く苦笑いをして、空になったグラスをテーブルに置き直すと、征太が彰士の方へ酒瓶を差し出した。

穏やかに笑う彼を見て、彰士は胸の奥が鈍く痛むのを感じる。

征太は知っていた。

彰士と、征太の叔父である駿河太樹との関係を。そして彼の死の原因がおそらく彰士たち親子にあることも。

むしろ知らなかったのは彰士の方だ。こんなに身近に父の血縁がいただなんて。

つまるところ、彰士たち親子は征太から叔父を奪った張本人だ。恨まれていてもおかしくない。

しかし、征太がいつその事実を知ったかはわからないが、一緒に暮らしていたこの二年、いや、それ以前からも征太が彰士に敵意や憎悪を向けたことなどなかった。

今だって彼の顔には恨みなどなく、ただ笑みだけが浮かんでいる。

自分たち親子はきっと、誰よりも業が深い。

薄暗い気持ちを抱えながら勧められるままに酒を注がれ、視線をずらした先には優香の姿。屈託なく笑う彼女が、彰士の視線に気づいて何かを問うように首を傾げる。

アルコールで顔を赤くした優香を見つめ、彼女の笑顔に応えるように彰士は薄く微笑んだ。

優香はどうなのだろうか。

彼女を見ていると、彰士にはいろいろな思いが湧いてくる。

それは彼女を初めて見た時に感じた切なさや、千恵美の彼女への思いを知った時の息苦しさ、彼女と初めて言葉を交わした時の気まずさ、彼女が時折見せるもの言いたげな笑顔への申し訳なさが入り混じって、こんがらがったような苦い思いだ。

千恵美たちの軽口に無邪気に笑う彼女はまったくもっていつも通りだが、その笑顔の下に何があるのか、彰士にはわからない。いや、この二年の間、優香についてはついぞその本心を知ることができなかったように思う。

この同居生活で、彰士がもっとも注意を払って接してきた優香。

傷つけないように、傷つかないように――まるで親鳥がヒナを見守るように彰士は優香を見つめてきた。それがあらぬ誤解を周囲に与えている自覚はあったが、彰士は優香をどうしても傷つけたくない理由があった。

彼女はもう十分に傷ついてきたはずだから。

だが、そんなに大切にしながらも、二人きりになる勇気はなかった。

二人きりになってしまえば、彼女がその重い口を開いて自分への呪詛を吐き出すのではないかと恐怖でいっぱいだったのだ。

「俺、こういうの苦手なんだよなー。何せ繊細だからさ」

三人からそれぞれ、無言の圧力のようなものを感じ、彰士は言い訳のように呟《つぶや》いた。

「繊細？　どの口が言うのよ。早くしなさいよ」

千恵美が呆れたように彰士を急かす。

しかし、彰士はこの場で重大な秘密を暴露するつもりなどない。どうにか適当な話題で誤魔化せればと思っている。

幸い彰士はお喋《しゃべ》りな質《たち》ではない。別に秘密でもないが、人に話していないことなどいくらでもある。

だが彰士が再び口を開こうとした瞬間、「待って」と緊張気味の声がその場を遮《さえぎ》った。顔を上げると優香が口を一文字に結び、何か覚悟を決めたような顔をしている。

「彰士の暴露の前に私が先に言う。言いたい。いい？」

真剣な顔をして彰士を見つめた優香は、矢継ぎ早にそう言うと千恵美と征太にも視線を送った。千恵美も征太も目をぱちくりさせて優香を見つめ返している。

「別に俺たちはどっちが先でも構わないけど……」

征太が呆気にとられたように言い、彰士の方をチラリと見た。彰士はその視線に戸惑いながらも、何となくうなずく。

「別に俺もどっちでも……」

視線を優香に向けると、彼女はゆっくりうなずく。

その仕草に、何かを決意したような彼女の瞳に、彰士はぎくりと身を強張らせた。

緊張した面持ちの彼女は、胸の上に手を置いて深く息を吐く。それを見て彰士は知らずテーブルの上で拳を握った。

自然と彰士の心臓が早鐘のように脈打ちはじめる。

まさか、今さらだろう、と楽観的に構えた思いと、でも最後だからこそ、という確信に似た思い。

優香と彰士につられるように、千恵美と征太もどこか落ち着かない様子だ。

優香は一つ咳払いをすると、スッと顔を上げた。彰士は優香から片時も視線が外せなくなっていた。

しかし、いつもは彰士の視線を受けると少し困ったような笑顔を見せる優香は、今日に限ってまっすぐ視線を返してくる。

「ついさっき思い出したんだけどね……」

口を開いた優香に、その場の全員が思わず身を乗り出す。口が異様に渇いていることに気づいて彰士は唾を呑んだ。

「私の初恋のことなんだけど」

優香のその言葉に、彰士はやや肩透かしを食らったような気分になった。

「初恋？」

千恵美が意外そうな顔で問い返す。しかしまだ身を乗り出したまま、優香の顔を覗《のぞ》き込む。優香はフワリと笑うと先を続けた。

「うん。私の初恋ってね、実は少し遅くて。高校生の時なの」

「へー。相手はどんな？　クラスメイトとか？　意外と年上だったり？」

征太が茶々を入れるように言って、乗り出していた身を引いた。彰士も同時に優香から視線を外し、テーブルの上の酒に手を伸ばす。

「学校の人だったわけでもないし、知り合いってわけでもなかったの。一目ぼれっていうやつかな？　というかね、あれが初恋だったって気づいたのも、実はついさっきなの。千恵美とキッチンで話してて、そういえばって」

照れたように笑った優香は、胸に置いていた手をテーブルの上に移した。まだ何かを躊躇《ためら》っているように手をソワソワと動かしている。

「え、じゃあ今まで優香って、自分の初恋について思い出したりとかしなかったの？　それとも別の恋を初恋だと思ってたとか？」

千恵美の突っ込んだ質問に、優香は困ったように首を傾げた。

「うーん。親が離婚してたからかな？　昔から恋愛自体にあんまり興味を持てなくて」

その言葉に彰士の胸がズキリと痛む。

優香の男性に対するある種の淡白さは、離婚した両親の、特に出て行った父親への悪感情から来ているのかもしれない。その感情は彰士にも向けられているのだろうか。

「それに、その初恋の相手がね、本当は恋しちゃいけない相手だったから。無意識に気づかないふりをしてたのかも」

「恋しちゃいけない相手？」

千恵美は食いつくように優香に問う。彰士や征太の方など見向きもしない。

征太も興味を引かれたように優香に続きを促す。

すると優香は二人から視線を逸らしてまっすぐ彰士を見据えた。

彰士もつられて優香を見つめ返す。

なぜ見つめられているのか、彼女の表情に何かの感情を読み取れないかと探ってみるが、彼女は先ほどとは打って変わって無表情だ。

「でもまさか、その初恋の人と同居することになるとは思ってなかったけど」

そう言って、優香は彰士に向かって微笑んだ。瞬間、空気がピンと張り詰める。

千恵美と征太が戸惑ったように優香と彰士を交互に見る。戸惑っているのは彰士も同じだ。どういうことかと優香に尋ねていいのかさえわからない。

しかし優香は彰士の疑問に対し、あっさりと一つの答えを出した。

「私の初恋は彰士だよ」

そう言った彼女は、まるで大きな荷を下ろしたかのような晴れやかな笑顔を見せた。

途端に千恵美と征太のぽかんとした顔が彰士の目に飛び込んでくる。しかし誰よりも驚いているのは他ならぬ彰士だ。

「な、何それ？　どういうことよ？」

しばらくの沈黙を破って、千恵美が目をむいて勢いよく立ち上がった。征太が千恵美の動きに驚いたのかビクリと体を震わす。彰士もつられて飛び上がりそうになった。

「何って、そのまんまの意味だよ。私の初恋が彰士っていう話」

優香は他愛ない話をするように繰り返した。それに対して千恵美は「でも、あの、あれよ」とあたふたと身振り手振りで返す。

「でも二人が一番最初に出会ったのって、サークルだったんじゃないの？さっき初めてまともに喋《しゃべ》ったのは二年の飲み会の時だって言ってたじゃん」

征太が千恵美の代弁をするように言葉を継ぐと、千恵美が「そう！　それ！」と力強く同意する。

「うん、そう。初めて喋《しゃべ》ったのはあの飲み会だったよ。でも初めて会ったのは高校の時。高校二年だったかな。一瞬顔を合わせただけなんだけど」

こともなげにそう言う優香の言葉に嘘はない。確かにあの時は一瞬の出来事で言葉を交わす余裕などなかったし、たとえあったとしても彰士から声をかけようとは思わなかっただろう。

「でも、どうして？」

千恵美がどこか複雑そうな顔で優香と彰士の顔を交互に見る。彰士は戸惑いの気持ちを整理しきれないまま優香を見やった。

優香がどこまで明かすつもりなのかわからない。しかし優香は、彰士からの視線に気づいているはずなのに目を逸らしたままだ。そして缶チューハイを一口含むと首を傾げた。

「んー、その辺りは彰士の暴露を聞けばわかるんじゃないかな？」

そう言ってようやく向けられた視線を彰士に返すと、優香は淡々とした表情のまま続ける。

「私たち、そろそろお互いに誤解を解いておいた方がいいと思うの。いろんな意味でね。いい加減、もやもやするのも嫌だし、彰士もスッキリしたいでしょ？」

普段、どちらかと言えば人の顔色を窺《うかが》うことが多い優香からは想像できないような、冷淡な態度。怒っているようにも見える優香の表情は、あの雨の日――二人が初めて出会った日のものと同じだ。

あの時よりも少し大人びた少女が彰士の心を見透かすように見つめる。どこか冷めていて、悲しげ。そしてそれ以上に何を考えているかわからない。

ああ、やられた、と彰士の脳裏に諦めの感情が浮かぶ。

自分の重大な秘密を明かすつもりなんてまったくなかったのに、優香は否応なく彰士からそれを引き出そうとしている。椅子に深く座り直すと彰士は頭をかいた。

優香のいつもと違った様子や、二人の間に流れる不穏な空気を読み取ってか、千恵美と征太が少し戸惑った顔で彰士を見る。戸惑いつつも、二人の表情は疑問の答えを与えられることを期待している。

これは逃げ道がないな。

誤魔化そうにも誤魔化しきれない状況だ。ここまで来て彰士の口から何も明かさないなど、できる雰囲気ではない。

優香にまんまと嵌《は》められた気分で彰士は自嘲的に笑った。征太がその笑いを受けて不審そうな顔をする。

彰士はこの秘密が他人に明かされる時が来るとしたら、優香が自ら明かすものだと思っていたし、実際にそうなればいいと願っていた。

この四年間ずっと心の隅にあった胸の内の葛藤や、優香に対する罪悪感を消すためには、いつか彼女とこのことについて話し合わなければいけない。

しかしそれは彰士が自ら切り出すべきものではないし、すべて優香のタイミングに任せようと思っていた。

いや、違う。本当はただ逃げていたのだ。

実際にはその時が来るのが怖くて、一緒に暮らすようになって仲良くなった優香が自分のことを本当はどう思っているのか確認するのがどうにも恐ろしくて、彼女と二人きりになることはできなかった。

きっと罵倒されるのも詰《なじ》られるのも耐えられない。だから自分は優香を避けて、逃げ続けていた。

しかし、とうとうこの最後の夜になって、優香は彰士に自らの口でその秘密を語らせようとしている。

それも、千恵美と征太という、大学時代に得たかけがえのない友人たちを目の前に。それが優香が彰士に求める贖罪《しょくざい》の方法なのだ。

「彰士？」

黙り込んだ彰士に優香が優しく声をかける。つられて顔を上げると、彼女はぞっとするほど優しい微笑を彰士に向けた。その目が不思議な色を放つ。

「俺は……」

彼女の瞳に急かされるように口を開いた。千恵美の顔が少しだけ強張ったのが見える。征太がカップを持つ手に力を入れたのもわかった。

「俺と、優香は……」

優香が続きを促すように小首を傾げた。観念したように深く息を吐き出して目を閉じる。

「俺と優香は血のつながった兄妹なんだ」

ピンと張り詰めた空気の中、彰士が座る椅子が静かに軋む音がした。

◇◇◇◇

その日は朝からどんよりと曇った、今にも雨の降り出しそうな薄暗い日だった。

夏服から冬服への衣替えが終わったばかりで、例年ならば日中は少し汗ばむ時期だ。

しかしその日に限っては彰士の心の中をそのまま表したかのような肌寒さで、昼を過ぎると雲はなお一層厚く垂れ込めた。

おじさんの実家で朝から忙しく立ち働く喪服の大人たちを目の前に、彰士は母と居間の隅で所在なく座っていた。

おじさんの親族と会うのは実はその時が初めてだったのだが、すぐに自分たち親子が良く思われていないことはわかった。

だからこそおじさんは、それまで自分たちと彼らとを会わせようとしなかったのだ。

お昼を過ぎてしばらくしてから一人のおばさんに呼ばれ、母は客を迎えるために玄関へ立った。それをきっかけに彰士も居心地の悪い居間を抜け出し、縁側に立って庭を見渡す。

その日はおじさんの葬儀だった。

死因は交通事故。仕事で遅くなった夜、歩道で信号待ちをしていたおじさんに飲酒運転の車が突っ込んだのだ。

あまりに突然の出来事で、彰士も母もまだ頭がついていっていなかった。

しかし、あれよと言う間におじさんの親戚と、仲が良かったという同僚の手により葬儀の手はずが整えられて今日という日を迎えたのだ。

その前日、葬儀の準備を中心となって取り計らってくれたおじさんの同僚が自宅まで彰士たち親子を訪ねてきた。

彼はおじさんから万が一に備えて遺言書を託されていたらしい。五十代前半にして自分が死ぬ準備をすでに整えていたというのは、弁護士だったおじさんらしい。

その同僚は、遺言書とは別に彰士と母それぞれに宛てた手紙をおじさんから受け取っていた。

それを二人に手渡すと、彼は葬儀や遺産相続についてなどの話を軽くして去っていった。

帰り際、彼は思い出したように、葬儀が終わって落ち着いたら「姻族関係終了届」を出すことを考えてはどうかと母に言った。

おじさんの訃報を聞いてからずっとそうであるように、母は呆然とうなずいたがおそらく意味はわかっていなかっただろう。彰士にもそれが何のことだかわからなかった。

後から調べると、姻族関係終了届とは、おじさんの親族と母との関係を法律上で絶つ手続きだということがわかった。

それを出してしまえば母の身内と呼べる人間は彰士一人になる。

はあ、と短く息を吐いて彰士は縁側の傍に置かれているサンダルに足を通し、庭に下り立った。

とてつもなく気が重い。

自分の中でも何とも言えない感情が渦巻く中、この数日は悲しみに暮れる母を支えなければという思いを抱く。

それと同時に、頭の中では彰士の冷静な部分が「この先は誰にも頼らず一人でずっと母を支えていかなければいけない」と囁《ささや》いている。

たまらなく孤独だ。自分を支えることさえままならない高校生の彰士は、これから母をも一人で支えていかなければならない。

手のかかる母の世話をする、という意味でおじさんは彰士の最大の同志だった。

数年前に自殺した父のことで複雑な思いは常に付きまとい、おじさんに対する少なからぬ反抗心や敵愾心《てきがいしん》があったのは事実だ。その証拠に、彰士は昨日おじさんの同僚から受け取った手紙をまだ開けられずにいる。

しかし、おじさんの不在が彰士の中の重圧を強くしていることも事実だ。それだけおじさんの存在は、望む望まないにかかわらず彰士にとって大きかった。

不安な気持ちを解消しようと何となく庭をぐるりと回る。小さいながらも綺麗に整えられた庭には青々とした芝生が広がり、背の低い石塀に沿ってカラフルな花が咲いている。

石塀の向こうは、住宅街によくある狭い道路。通学路になっているらしく、午前中で授業が終わった小学生や制服姿の女子生徒が歩いているのが遠目に見える。

クリーニングから下ろしたての冬服は糊が利いていてまだ少し動きづらい。つい四か月前まで毎日のように着ていたはずなのに、まるで初めて袖を通したような違和感だ。

その違和感を拭おうと肩を回すと、ポツリと上から水が一滴落ちてきた。見上げると灰色の雲から次々と水滴が落ちてくる。その空の暗さに母のここ数日の顔色を思い出す。

なんで死んじゃったんだよ。

途端に苛立ちが込み上げてきて、空を睨んだまま唇をぎゅっと噛み締める。自分勝手でわがままだとは思いながらも、彰士の内側はもういっぱいいっぱいだった。

なんで俺と母さんを残して逝っちゃったんだよ。

先行きの見えない不安、自分自身の頼りなさに対する自己嫌悪、弱い母親を押し付けられたという息苦しさ、そしてそれらを素直に表現できるほど幼くはない自分への憐憫《れんびん》。

なんでこんなに急にいなくなっちゃったんだよ。

心の中でいろいろなことを考えるのに、そのどれをとってもおじさんに対する不平不満としては十分ではない。拳を握って何度も「なんで、なんで」と繰り返す。

俺はおじさんのことをまだ父さんって呼べてないのに。

いっぱいの「なんで」が彰士の頭の中を埋め尽くした時、不意にそんな一言がよぎった。彰士の中の何かがスルリと解けて、握っていた拳も緩まる。

そうか、俺は後悔してるのか。

自分の苛立ちの正体が見えた気がしてまた息を吐く。

雨は本降りになりそうだ。ずぶ濡れになる前に家の中に戻ろうとした時、背後から視線を感じて彰士は振り返った。

彰士の目に飛び込んできたのは、石塀を挟んで向こう側に立つ一人の少女。

彰士と同じぐらいの年だろうか。制服を着た彼女は雨の中、傘もささずに道路の真ん中に突っ立っている。

まるで物語の中から飛び出してきたかのような濡れ羽色の髪をした可憐な少女は、彰士と目が合っても一切逸らさずにいる。

その瞳に映るのは、まるで何かを悟ったような悲しげで、それでいてどこかスッキリしたような色。

「もしかして、優香ちゃん？」

唐突に聞こえた声に振り向くと、いつの間にかおじさんの母親——血縁的には彰士の祖母に当たる人物が縁側に立っていた。その目は驚きに満ちている。

「一人で来たの？　香里《かおり》さんは、お母さんはどうしたの？」

おじさんの母親は裸足のまま縁側から下りて少女に駆け寄ろうとしたが、少女は彰士に一瞥《いちべつ》をくれると何も言わずに背を向け走り出した。

「あ、優香ちゃん！」

おじさんの母親が追い縋《すが》るように手を伸ばしたが、彼女の後ろ姿はどんどん小さくなっていく。

彰士はわけもわからないまま、角を曲がっていく彼女の背中を見送った。

嘘と本当の境界線

先ほどまでリビングを心地よく冷やしていた風が、急に肌寒くなった。千恵美がぶるりと身を震わせると、それに気づいた征太が立ち上がってガラス戸を閉める。

その背を見ながら机の上に散乱する空き缶を集めビニール袋に入れて、手持ち無沙汰をなんとなく誤魔化す。

「あ、炭酸水も買ってくるように頼めば良かった」

「彰士か優香にメッセージ送れば？　まだ間に合うだろ」

千恵美が呟《つぶや》くと、征太が壁の時計を見上げながらそう返した。つられるように千恵美も時計を見上げる。

二人が追加の酒の買い出しに行ってから七、八分。どんなに早くてもまだ最寄りのコンビニにいる頃だろう。

スマホを取り出してトトトンと小気味良く画面をタップする。

「びっくり……したよな？」

確かめるように尋ねてきた征太の声に、スマホから顔を上げる。難しい顔をした征太に静かにうなずくと、千恵美はスマホを放り出して盛大にため息をついた。

「びっくりしたわよ、そりゃ、もう！」

急に大声を出した千恵美に、征太が驚いてびくりと体を震わせる。それに構わず千恵美はテーブルの上に上半身を投げ出した。

「何、急に？　実は腹違いの兄妹でした？　お互いに気づいてて今まで黙ってました？　そりゃ変な空気になるわ！」

二人を非難するように言ってみたが、実際には驚きばかりが大きくて感情がついていっていない。頭を振ってうなだれる。

「何だったのかしら、あたしの提案って……」

千恵美が提案した暴露会は、千恵美の予想したのとはまったく別の方向へと飛んでいった。確かに互いの秘密を明かそうとは言ったが、千恵美の本当の目的はそれによって何だか煮え切らない関係をどうにかしたかったからだ。もっと言えば、彰士と優香の関係を進展させたかった。

本当にそうなのかな。

まだ混乱した頭で自問自答する。

もし二人が兄妹じゃなかったとして、そして互いに思い合っていたとして、自分は本当にあの二人の仲を取り持ってやるつもりだったのだろうか。

まだ残っている目の前のワイングラスをぐいっと呷《あお》って空ける。勢いよくテーブルの上にグラスを置くと、底にうっすら溜まった赤い液体がゆらゆらと揺れた。

本当にあの二人の仲を取り持ってやるつもりだったなら、きっとあんな暴露はしなかった。千恵美は無意識のうちに思っていたのだ。二人の関係が壊れてしまえばいいと。そして自分と優香との関係も。

ワイングラスの底の液体はまだ揺れている。それを見つめながら千恵美は自嘲気味に薄く笑った。

自分の心の底にある、ドロドロとした赤い液体。

四年前からずっと揺れ続けている、絶対に人には見せたくない汚い自分。

その一部を今夜明かしたというのに、それでも千恵美は優香の心を少しも動かすことはできなかった。

あんな暴露をしたのに、それには何の意味もなかったのだ。

そんなのわかってた。わかりきってたことじゃない。

自分に言い聞かせて目を上げると、優しい目をした征太と視線がぶつかる。

頬杖をついた彼は、深酒で赤みを帯びた目で千恵美に笑いかけた。

「少なくともお互いの本音の一部は明かせたし、あいつらの曖昧《あいまい》な態度の謎も解けたんだ。意味がなかったわけじゃないだろ」

そう言った征太の手が、慰めるように優しく千恵美の頭を撫でる。

「そうね……。そうだけど……」

納得できたような、できないような。ただ征太の言も正しいと思う。

千恵美がこの四年間ずっと知りたかった、彰士と優香のおかしな関係。その謎が解明されたのだ。

ようやく彰士の今までの不可思議な振る舞いも、優香の煮え切らない態度の理由もわかった。

「いやー、それにしてもあの二人、よく一緒に住むって決断したよなー」

半ば呆れたような征太の呟《つぶや》きに、千恵美も心の底からうなずいた。

確かにその通りだ。自分なら、二十歳になるまで喋《しゃべ》ったこともない腹違いの兄弟と一緒に暮らすなどできない。特に優香にしてみれば、彰士は自分の家庭から父親を奪った相手なのだ。

そこまで考えて、はたと思う。

優香は彰士を、またはその母親を恨んではいなかったのだろうか。優香自身あまり詳しく話すことはなかったが、優香の母親がおかしくなったのは明らかに離婚が原因している。

テーブルに顎を乗せた状態で首だけを捻って征太を見上げる。征太は不思議そうに首を傾げて千恵美を見下ろしてきた。

「優香って、彰士のこと……どう思ってるのかしら？　なんか、関係が複雑すぎて……」

彰士の暴露に驚愕しすぎて、その時は前後のできごとがすべて吹っ飛んでしまった。おかげで「へー」なんて間抜けな相槌を打ってしまったほどだ。

「俺にも何とも言えないけど……。でもまずさ、優香の初恋が彰士っていうのは本当なのかな?」

征太のその疑問に、千恵美は暴露会前にキッチンで交わした優香との会話を思い出す。

初恋の話題を出すと何かを思い出すかのように黙り込んでいた優香。その後、征太に声をかけられて青白い顔で振り向いた優香。

「わかんないけど、勘でしかないけど、それは本当な気がする……」

あの時、優香は何か後ろめたいことを思い出していたのではないだろうか。

その後ろめたさが、母親違いの兄弟への許されざる思いだとしたら?

なんだ。あたしには最初から勝ち目がないじゃない。

恋は障害があるほど燃えるなんて言うけれど、不完全燃焼で終わった思春期の恋ほど人の心に呪いをかけるものはない。

自嘲的に笑って、気分を立て直すようにその場で伸びをする。

「初恋で、異母兄妹で、サークル仲間でハウスメイトかあ……」

ため息と共に、複雑さここに極まれり、と呟《つぶや》くと征太が軽く噴き出した。

「確かに。まあでも二年も一緒に暮らして今まで何もなかったんだ。いろんなことひっくるめて気持ちの整理はある程度できてたんじゃないかな。今夜だって千恵美が暴露会なんて言いださなければ、何も話すつもりもなかったんだろうし。たぶん」

自信なさそうに語尾を縮ませて言った征太に、千恵美も「そうね」と小さく相槌を打つ。

「いや、意外と今ケンカの真っ只中だったりして」

ふと思いついたように呟《つぶや》いた征太に、千恵美は思わず笑みをこぼした。あの二人が本気で言い合いをするなんて想像できない。

「でも言いたいこと言い合っちゃった方が案外すっきりするんじゃない？　お互いに」

椅子の背にもたれ直して言うと、征太が「世の中全員が千恵美みたいにざっくばらんな性格してないからなー。特に優香なんかは」と茶化した。

「なによ、バカにしてるの？」

唇を尖らせて抗議すると、征太は細い目をさらに細くして「ははは」と楽しそうに笑う。

「で、千恵美は？　少しは気が晴れた？」

聞かれてきょとんと征太の顔を見ると、思いがけず真剣なまなざしに行き合って千恵美は知らずしり込みした。

「別に気晴らしのためにやったわけじゃ……」

そう口にしながら、征太の視線を受け止めきれずに黙り込む。いつも穏やかな彼のどこか張り詰めたような空気に、口の端を一度キュッと引きしぼる。

征太が口を開こうとしたのを視線の隅でとらえ、千恵美はわざとらしく明るい声を出した。

「あたしの次の引越し先ね、友達の家ってみんなには言ってたけど、本当は恋人の家なの」

千恵美の唐突な告白に、征太が虚を衝かれたように息を呑む。

「なんとなくね、あの二人が先に進まないと私も先に進んじゃいけないような気がしてて。恋人と同棲をはじめることに、何でか後ろめたさみたいなのを感じてたの」

言い訳するように早口にまくし立てながら、征太の顔を直視できずにいる千恵美は空になったグラスを手の中で弄《もてあそ》ぶ。

そうして意を決して征太へともう一度視線を戻す。

ごめんね。本当に自分勝手で。

静かに、無表情でこちらを見つめる彼に薄く微笑む。

ごめんね。

きっと傷ついている彼に。その想いを告白さえさせないまま。わかっていながら気づかないふりをして。

一番ずるいのは誰でもない。自分だ。

「……そっか」

しばらくしてからようやく呟《つぶや》いた征太が、緊張をほぐすように椅子に座り直した。

「あんま好き放題わがまま言って追い出されないように気をつけろよ」

冗談っぽくそう言った征太が、困ったように笑う。その彼の優しさに、千恵美は奥底から込み上げそうになる何かを呑み込み、椅子の上で膝を抱えた。

やっぱり征太だ。彰士でもない。優香でもない。

こんなにずるい千恵美を、そうと知っていながら受け入れてくれる。許してくれる。

きっとこんなことを言う資格は自分にはないけれど。

「ごめんね」

耐え切れずに呟《つぶや》いたその言葉に、征太は何も返さない。

四年前の春。

四人とも、出会ったのはあの季節。

散りはじめた桜がまるで吹雪のように舞っていたあの季節。

あの時からずっと、千恵美は濡れ羽色の髪の少女に夢中だった。

けれど、千恵美があの季節に出会ったのはあの少女だけではない。

「征太」

呼びかけると「ん？」と穏やかな返事。

「ありがとう」

何に対しての礼なのか。

けれど征太はそれも特に聞き返すことなく、ただ静かにうなずいた。

◇◇◇◇

ポケットの中でバイブが鳴りスマホを取り出すと、そこには無機質なメッセージ。

『炭酸水　レモンフレーバー』

主語も述語も句読点も絵文字もない、その素気ない文字列に彰士は苦笑する。

「千恵美が炭酸水も買って来いって」

並んで歩く優香にそう告げると、彼女は何も言わずに手でオッケーサインを作る。

もう四月も近いとはいえ夜は少し冷える。夕飯前に買い出しに出た時よりも濃い紺色になった空は、晴れているはずなのに星が見えない。見えたところで彰士は星に詳しくないので星座なんてわからないのだが。

視線を前に戻すと、道の向こうを照らす街灯が民家の塀を越えて伸びる木を照らしていた。あの木に咲いている花はなんだろう。

「さくら……」

「え？」

横で突然呟《つぶや》いた優香に聞き返すと、彼女は彰士が見ていた木を指差した。

「あの木に咲いてる花。あれ、桜だね」

まるで考えていたことを見透かされたようで、途端に居心地が悪くなる。

「……あんな桜もあるんだな」

見慣れた桜の花よりも、だいぶ大きな花を咲かせるその木を見て言う。優香は「うん」と静かにうなずいた。

酒を買い足しにコンビニに行くという名目で、二人で家を出てから数分。

優香の歩幅に合わせてゆっくりと歩きながら、彰士は彼女の様子を横目で盗み見た。

普段から静かな彼女が積極的に喋《しゃべ》らないのはいつものことだが、今は彼女の沈黙が本当はどういう意味を持っているのか、平静を装いながらも頭の中ではめまぐるしく考えている。

「二人とも驚いてたね」

しばらくして口を開いた優香に、ハッとした彰士は慌てて「そう、そうだな」と返す。

「そりゃ驚くよな」

そう繰り返して、本当に、と心の中で呟《つぶや》く。あんな形で優香との関係を暴露する羽目になるとは思っていなかった彰士自身が、おそらく一番あの展開に驚いている。

千恵美が暴露会をしようと言い出した時、優香が自分たちの関係を明かすのではないかという考えが頭をよぎったのは確かだ。

しかし優香は、性格的に人を巻き込む暴露話をするタイプではない。そう考え直して安心しきっていた。

「私ね、ずっと考えてたんだ」

優香はそう言い、静かな表情で先ほど彰士がしたように夜空を見上げた。その横顔を見つめて彰士はただ彼女の次の言葉を待つ。緊張で思わず背筋が伸びる。

「何でお父さんは、お母さんと私を捨てたんだろうって。何でお父さんは私たち母子《おやこ》じゃなくて別の母子《おやこ》を選んだんだろうって」

心臓が脈打つ音が頭に響いている感覚がして、彰士は無意識にこめかみを押さえた。

優香に返せる言葉もなく、彰士はただ彼女を見つめた。答えられるはずもない。優香からすれば彰士は選ばれた方なのだ。

「私たちが悪かったのかな。何か足りなかったのかな……。お父さんが出て行った後はそんなことばっかり考えてたの」

優香は空を見上げたまま淡々と言葉を紡ぐ。その様子が逆に痛々しく、今度は心臓の辺りがきゅっと締まったような気がして、彰士のこめかみを押さえていた手が胸の辺りに移動する。

「お父さんが出て行って、お母さんがおかしくなって……。正直ね、彰士たちのこと恨んでた。全部二人のせいだって。二人さえいなければ、って考えたこともあったの」

そう言って苦笑すると優香は彰士の方を見た。悲しげで、でも何かを悟ったようなスッキリとしたその瞳。

その視線に心臓を鷲掴《わしづか》みにされた気がして、彰士は知らず足を止めた。それにつられたように優香もまた立ち止まる。

「だからあの日……お父さんのお葬式の日にね、本当は文句の一つでも言ってやろうって思って出かけたの」

自分たちから去って行った父親に。

自分たちから父親を奪った母子《おやこ》に。

そう付け足して、優香は彰士から目を逸らし視線を落とした。

冬服に衣替えしたばかりの、あの秋のはじめ。降り出した雨の下、彰士がおじさんの実家の庭で塀越しに出会った少女が、今目の前にいる。

彼女が何者であるか知ったのは、彼女が立ち去った直後。わけもわからず瞠《どう》目《もく》していた彰士に、おじさんの母親が気まずそうに告げた言葉。

『あの子は克史の前の奥さんとの娘だよ。つまりあんたの腹違いの妹なんだ』

あの時の衝撃を、何年も経った今でも彰士は忘れられない。

その時まで彰士は考えもしなかったのだ。自分たちが父を捨てたように、おじさんにもまた捨てた家族がいたことを。

無意識のうちに彰士の手が優香に向かって伸びた。彰士の肩よりも少し低い位置にある彼女の頭を優しく撫でる。彼女は驚いたように視線を上げ、くすぐったそうな表情を浮かべた。

そして優香の手が、彼女の頭を撫でていた彰士の手に重なる。

恨んでいた、と言った彼女の瞳には彰士への恨みなんて少しも見えない。優しく添えられた手が彰士の冷えた手をふわりと温める。

悲しげな彼女の瞳が彰士の目をまっすぐに捉えた。

「初めて彰士を見た時ね、すぐにわかったの。お父さんが選んだのはこの子だって。お父さんは私じゃなくて、この子を選んだんだって」

優香の手にほんの少し力が入った。彰士の胸の奥がまたチリチリと痛む。同時に彰士はおじさんが残した手紙について思い出していた。

あの日、おじさんの葬儀が終わった後、帰宅してから慌てて開いた、おじさんの残した手紙。

そこには彰士の知らないおじさんの人生が記されていた。

母との出会い。

周りからの反対で一緒になれなかったこと。

別の人と結婚しても母を忘れられずにいたこと。

彰士の存在を知り、それが自分の子であるとわかった時に妻子を捨てる決意をしたこと。

しかし捨てると決意してなお、忘れることのできなかった娘のこと。

自分勝手に捨てておきながら、彼女の成長と行く末が未だに気がかりであること。

そのおじさんの娘が今、黒目がちな瞳で彰士を見上げている。

「でもね、彰士を見た瞬間、ああ、なんて綺麗なんだろうって思ったの」

おかしそうに目尻を下げて言い、優香は一際強く彰士の手を握った。

「おかしいよね？　いろんなこと言ってやろうって思ってたの。今まで何年も溜まってた私の鬱憤《うっぷん》を晴らしてやろうって。私の言葉で彰士が傷つけばいいんだって思ってたはずなの。それなのに彰士を見た時にそんな感情が全部吹っ飛んじゃった。こんなに綺麗な子だったなら仕方ないなって思っちゃったの。自分でもびっくりして呆れちゃった。それで馬鹿らしくなって恨むのを止めたの」

そしたらすごく楽になったの、と付け足すと優香は彰士の手を離して歩き出した。数歩前を行く優香について歩きながら、彰士は温もりを失った自分の手に視線を落とした。

「ねえ、彰士……。私たちさ、もしも、もしも違う出会い方をしてたら……」

そう言って言葉を区切った優香の後ろ姿を目で追う。優香は彰士を振り返らない。

初めて彼女を目にした日も、彰士に背を向けた彼女は一度も振り返らなかった。

あの時よりもゆっくりとした歩調で進んでいく彼女の後ろ姿は、しかしあの時と同じように少し遠くに見える。

「もしもただの友達だったらさ」

彼女が立ち止まったのは、先ほど目にした街灯の下。見慣れた桜よりもだいぶ大きな桜の花が、灯りに照らされ悠然と咲き誇っている。その花の木を見上げてしばし沈黙した後、優香はゆっくりと彰士を振り返った。

「……もっと違う関係になれたかな？」

彼女の瞳が熱を帯びたように濡れて光る。その瞳に吸い込まれそうな感覚に陥《おち》りながら、彰士はその場に立ち尽くした。

彼女から注がれる視線に彰士は応えられない。

彼女の瞳に映っているその色に、その熱に、その隠された感情に、彰士は上手く応えることができないのだ。

「そうだな……。どうだったろうな」

そして彼女の視線から逃れるようにゆっくりと目を閉じてから、彰士は桜の木を見上げた。

そんな目で俺を見ないでくれ。

彰士の中で誰かがそう囁《ささや》く。

「やっぱり……」

一言呟《つぶや》いて優香がまた歩きはじめた。

「……何が？」

再び彼女の背を追いながら遠慮がちに尋ねると、彼女は晴れやかな笑みで振り返った。

「何でもないよ」

そして「ふふっ」と声を漏らして楽しげに笑うと、優香は軽やかなステップを踏むように前進した。その笑みの意味がわからないまま、それでも彼女が笑っていることに安堵する。

「彰士、早く行って帰ろう。千恵美に遅いって怒られちゃう」

優香の一言で彰士も大きく前へと踏み出す。そして優香の横に並ぶと、優香はまたニッコリと彰士に微笑んでみせた。それにぎこちないながらも微笑み返す。

おじさん、心配しなくてもあんたの娘は元気にしてるよ。

数年前、彰士に残された手紙に答えるように心の中で呟《つぶや》く。

今は俺があんたの代わりに見守ってるから。

そう心の中で言い添えて、彰士は視線を前へと向けた。

◇◇◇◇

外から差し込む光に征太がうっすら目を開けると、ガラス戸の向こうの空はすっかり明るくなっていた。

フローリングの上に投げ出した自分の体を動かすが、硬い床で寝ていたせいかあちこちがギシギシ言いそうなぐらいに固まっている。

何とか片手をついて半身を起こすと、征太の横で転がっていた彰士が寝返りを打った。

「ん……。朝？」

少し離れたところから千恵美の寝ぼけた声が聞こえる。

辺りを見回して頭をかく。欠伸《あくび》交じりに伸びをして、ぐるぐる片腕を回しながら「朝」と答える。喉がカラカラでいつもより低くかすれた声しか出ない。

窓の外は昨日と同じくすっきりと晴れている。眩しい光に自分の細い目をさらに細めながら征太は立ち上がった。征太の動く音に目を覚ましたのか、千恵美の横にいた優香もまた半身を起こして欠伸《あくび》をした。

「おはよー」

欠伸《あくび》交じりの声で誰にともなくそう言うと、優香は目をごしごしと擦った。千恵美は、声は聞こえたが目を開ける気はないらしい。床に寝そべったままの彼女を横目に優香に「おはよ」と答えつつ、まだ眠っている彰士の上をまたぐと征太はキッチンへと向かった。

とにかく水が欲しい。

「私も水」

キッチンで征太が水を飲んでいると、まだ寝ぼけ眼《まなこ》の優香が入ってきた。いつもストレートな黒髪ボブが、今は寝癖であちこちに散らばっている。

征太が水を注いでやったコップを手渡すと、優香はそれを一気に飲み干した。

「あー、生き返る」

コップから口を離してそう言った優香に、水をもう一杯勧める。素直にその勧めに応じた優香はちらりと上目遣いで征太を見た。

「何？」

その視線の意味を尋ねると、優香は「前から思ってたんだけど」と切り出した。

「征太ってこういう細かい気遣いが上手だよね。マメっていうのかな？　モテるでしょ？」

その言葉に征太の口から思わず笑いが漏れた。優香が不思議そうに征太を見上げたのに対し、言い訳をするように手を上げる。

「いや、前にも同じようなことを千恵美に言われたから……」

二年前の冬、征太の部屋のベランダで千恵美と交わした会話を思い出す。

春も近づいていたとはいえ、まだ厳しい寒さの残るあの夜。

白く濁《にご》る息が夜空に消えていくのを見ながら二人で分かち合った秘密と、あの時に見た彼女の表情。

二年も経っているのに、まるで昨日のことのように思い出せる。

そして同時に胸が痛むのは、昨夜の千恵美とのやり取りも思い出してしまうから。

「彰士ならともかく、俺はこの程度じゃモテないよ」

自嘲気味にそう言うと、優香が悪戯《いたずら》っぽく笑った。

「そうかな? 私、征太のこと密かに本気で好きな子多いんじゃないかって思ってるんだけど。褒め上手で気遣い上手って、女子としてはポイント高いよ」

その言葉に首を傾げながら、優香の手から空のコップを取り上げる。大学での四年間で征太にも女性関係はそれなりにいろいろあったが、別に言うほどのことでもない。

それにしても優香から恋愛系の話を振ってくるなんて珍しい。まるで昨夜で何かが吹っ切れたように今日の優香は明るい。

「本当のこと言うとね」

シンクでコップを洗いはじめた征太の手元を覗《のぞ》き込み、内緒話をするかのように優香が続けた。視線も向けずに相槌を打つと、優香は少し躊躇《ためら》ったように間を置いてからまた口を開いた。

「昨日の暴露会で、征太が千恵美に告白するんじゃないかって思ってたの」

優香のその言葉に、思わず手の中のコップを取り落としそうになる。

「……何で？」

動揺していないふりをして優香を振り返り尋ねると、彼女は楽しそうにふふっと笑った。

「だって、ずっと好きだったでしょ？　千恵美のこと」

茶目っ気たっぷりに笑う優香を見つめて、征太はもう一度自嘲するように首を傾げた。

「もう、いいんだ。それは」

思わず呟《つぶや》くと、優香が不思議そうに征太を見上げる。

「もう、いいの？」

征太の言葉をなぞるように尋ね返してきた彼女に、ただうなずいて返す。

ずっとひた隠しにしてそんな素振りは一切見せていないつもりだったのに、まさか優香に気づかれていたとは。

思わぬ伏兵に驚きながらコップを洗い終わって手を拭いていると、「うーん」と小さくうなった優香が、今度は目を爛々《らんらん》と光らせた。

「あのさ、私たちの仕事が落ち着いて、四人で集まる時に、またやらない?」

さも良いことを思いついたという顔をしている優香に、視線だけで「何を?」と問うと、彼女の顔には満面の笑み。

「秘密暴露会!」

「え?」

意外な提案に征太は呆けてしまい、まじまじと優香の顔を見た。

「優香はこういうの好きじゃないと思ってたんだけど……」

今度こそ動揺を隠せないままそう尋ねると、当の本人は悪戯《いたずら》っぽい笑顔で首を振る。

「好き嫌いというか、得意ではないけど……。でも、しばらく経ったからこそ話せることもまた出てくるかもしれないでしょ?」

そう言って笑った彼女からは昨日までの陰が抜けている。

「そうかもな」

優香がやけに眩しく見える。まるでこれまでとは別人だ。

二年間も一緒に住んでいたはずなのに、彼女は自分に対して心の内を一切見せていなかったのかもしれない。そんなことに今さら気づく。

ぎこちなく優香に笑いかけると、彼女も笑顔を返す。

いや、逆だ。

心の中で首を振って呟《つぶや》く。

今までは征太が優香に対して興味を持っていなかったのだ。彰士と千恵美にばかり注目していて、優香のことは二人への興味の延長線上で観察していたに過ぎなかった。

そう気づいて急に申し訳なくなり頭をかいたところで、キッチンのドアが大きく開かれ、ぼさぼさ髪の千恵美が大きな欠伸《あくび》をしながら入ってきた。

◇◇◇◇

「忘れ物ない？　それで全部？」

先ほどから何度もされる質問に、「大丈夫」と何度目かの答えを返す。

片手に持った大きめのトートバッグと肩からかけたショルダーバッグの中に、優香の荷物はすべて収まっている。心配性の千恵美は、先ほどから優香の後をついて回って何度も荷物の確認をしている。

階段を下りると、ちょうどリビングから彰士が出て来た。

「もう行くのか?」

そう尋ねてきた彰士はこれから荷物を引越し業者に引き渡さなければいけないので、午後までこの家に残る予定だ。

大家との最終的な退去手続きをしてくれる千恵美も、夕方まではこの家にいる。

「うん。もう何もすることないし」

答えると、彰士は「そっか」と言って微笑んだ。今まで彰士が優香に見せていた、どこか気後れした微笑みとは違う、優しい微笑み。

でもどこかぎこちない。その顔を見て優香もまた彼に笑いかけた。

「ねえ、さっき征太と話してたんだけど、仕事が落ち着いたらまた集まって飲もうよ」

二人の間の微妙な空気をかき消すように優香がそう切り出すと、彰士が「お前、そんな飲むの好きだった？」と驚いた声を出す。

「いいじゃない。みんなの新社会人としての経験も聞いときたいし。あたしも来年には社会人だからね」

すぐさま賛成してくれる千恵美に優香は笑みをこぼす。千恵美はいつでもストレートだ。

「お、集まって何してんの？　俺の見送りでもしてくれんの？」

大きな鞄を肩にかけて階段からのっしのっしと下りてきた征太が、のんびりと言う。

「優香の見送りよ」

冷たくそう言い放つ千恵美に、征太の眉が八の字になる。

「征太ももう出るの？」

彰士に問われ「ああ」と答えると、征太は荷物を下ろして玄関に座り込み靴を履きはじめた。

「ねえ、今ね、また四人で集まろうって話してたんだけど」

優香が少し屈んでそう告げると、征太は「ああ、あれね」と返して立ち上がる。玄関で一段下がった状態でも征太は優香よりだいぶ背が高い。

「でもま、仕事がどういう感じで回るのかわかんないし、集まれても、もしかしたら数年後かもしれないぞ?」

数年後。その頃には自分はどうなっているのだろうか。

人生の新たなステージに立たされている今、優香には一週間後の自分の状況さえ見当もつかない。

「それでね、またやろうよ」

ぱっと顔を上げて明るく言った優香に、他の三人が同時に視線を投げてくる。

「何を?」

誰ともなくそう尋ねると、優香は口の端を上げた。

「秘密暴露会」

「ええ?」

途端に千恵美と彰士が目を丸くする。

「なんか、昨日は中途半端な感じになっちゃったし。しばらく経ったからこそ話し合えることもあるのかなって思って」

「それなら別に秘密暴露会じゃなくてもいいだろ……」

盛大にため息をついた彰士に含んだ笑みを投げかけると、彼は気後れしたように口を噤《つぐ》む。

二人のやり取りに征太が噴き出した。

「なんか立場が逆転したな。前は彰士の方が優香を丸め込んでたのに」

「本当ね。一晩でひっくり返っちゃった」

感慨深そうに言った征太と千恵美に、優香は得意げに笑いかける。

「なーんか一度いろいろすっきりしたら、もう言いたいこと言っちゃう方が楽かなって思って。千恵美を見習うことにしたの」

肩をすくめると、彰士が不満そうに唇を突き出した。

「勘弁してくれよ。千恵美は一人で十分だろ」

「ちょっと」

間髪容《かんはつい》れずに彰士の肩を叩いた千恵美に、優香はこらえきれずに笑う。

そして四人でひとしきり笑うと、征太が床に置いていた荷物を持ち上げた。

「じゃ、俺はもう行くから。みんな元気でな。仕事も学校も頑張れよ」

さっぱりと言った征太に、それぞれ「じゃあ」「またね」と声をかける。

とうとうこの時が来たんだ。

心がきゅっとなるのを感じながら征太を見上げると、彼は優しい笑みを優香に向けてから彰士をまっすぐに見た。

「彰士。今度うちにある絵を見に来いよ。一つしかないけど、叔父さんの絵、彰士にも見てほしいから」

そう言われた彰士の目がどこか悲しげに翳《かげ》るのを見て、優香は内心首を傾げる。千恵美も不思議そうな顔をして二人を見比べた。

「うん。そのうちお邪魔させてもらう……」

悲しげに笑った彰士に征太は同じように笑いかけると、玄関のドアを開けた。

「じゃあな」

最後にそう言ってあっさりと出て行った征太を見送ると、三人の間に何となく沈黙が落ちる。

「じゃあ、私もそろそろ行こうかな」

征太に続こうと玄関に置かれた自分の靴に足を入れる。顔を上げると、千恵美が泣き出しそうな顔で優香を見ていた。

「また連絡するね」

笑いかけると、千恵美はとうとう手で顔を覆って下を向いた。彼女の手の間からしゃくりあげる声が聞こえる。彰士が優しく千恵美の頭に手を置いた。その様子を見つめ、優香は精一杯の笑顔を二人に向ける。

目の前に並んで立つ美男美女に複雑な思いを抱きながら、優香の脳裏に大学一年の夏の情景が浮かぶ。

大学生になって初めての夏、蝉《せみ》の鳴き声が響く通り。

バイトの帰りに何となく千恵美の家に寄ろうと歩いている途中で見かけた、肩を寄せ合う二人の姿。

千恵美に向けられた彰士の熱っぽい瞳。

絵に描いたような美しい光景。

優香はあの夏、すでに知っていたのだ。二人の関係を。

それを見て動揺し、その場からなぜか逃げ出してしまった自分。

誰もいないところでわけもわからず溢れ出した涙。ずっと心の奥底に押し隠して思い出さないようにしていた自分の心。

彰士と二人きりになってしまえば、きっと止められなかっただろう自分の想い。だから彰士がずっと自分を避けていてくれたことは、ある意味で優香にとって救いだった。

「彰士、千恵美、大好きだよ」

そう言って笑うと、彰士がまた昨夜のように曖昧《あいまい》な笑みをこぼした。千恵美は涙の溜まった悲しそうな目で優香を見る。

「じゃあね」

ドアを開けて外に足を踏み出すと、春にしては強い日差しが優香の目をさした。手をかざして空を見上げる。

「今日もいい天気」

背後でドアの閉まる音を聞きながら、優香はそう呟《つぶや》いた。

瀬橋ゆか
Sehashi Yuka

尾道神様の隠れ家レストラン

失くした思い出、料理で見つけます

そこは忘れてしまった「思い出」を探す、あやかし達のレストラン。

アルファポリス 第3回 キャラ文芸大賞 ご当地賞 作品

大学入学を控え、亡き祖母の暮らしていた尾道へ引っ越してきた野《の》一《い》色《しき》彩梅《あやめ》。ひょんなことから彼女は、とある神社の奥にあるレストランを訪れる。店主の神威《かむい》はなんと神様の力を持ち、人やあやかしの探す思い出にまつわる料理を再現できるという。彼は彩梅が抱える『不幸体質』の正体を見抜き、ある料理を出す。それは、彩梅自身も忘れてしまっていた、祖母との思い出のメニューだった——不思議な縁が織りなす、美味しい『探しもの』の物語。

◉定価：本体660円＋税　◉ISBN:978-4-434-28250-8

◉Illustration：ショウイチ

せいめいさんちのふびんなおおや
晴明さんちの不憫な大家
1~3
著 烏丸紫明
karasuma shimei
祖父から引き継いだ一坪の土地は――
幽世《かくりよ》へとつながる
不思議な扉でした
やたらとろくな目にあわない『不憫属性』の青年、吉祥真備《きちじょうまきび》。彼は亡き祖父から『一坪』の土地を引き継いだ。実は、この土地は幽世《かくりよ》へとつながる扉。その先には、かの天才陰陽師・安倍晴明《あべのせいめい》が遺した広大な寝殿造の屋敷と、数多くの"神"と"あやかし"が住んでいた。なりゆきのまま、真備はその屋敷の"大家"にもさせられてしまう。逃げようにもドSな神・太常《たいじょう》に逃げ道を塞がれてしまった彼は、渋々あやかしたちと関わっていくことになる――
晴明さんちの不憫な大家
烏丸紫明
祖父から引き継いだ一坪の土地は――
幽世へとつながる
不思議な扉でした
第2回
キャラ文芸大賞
あやかし賞
!!!!!!
◎各定価：本体640円+税（1・2巻）本体660円+税（3巻）
◎illustration：くろでこ

妹尾写真館

~帰らぬ人との最後の一枚、お撮りします~

水瀬さら
Minase Sara

第2回
ほっこり・じんわり大賞
〈涙じんわり賞〉
受賞作!!

ここは亡くなった人と出会える不思議な写真館

写真館を経営する祖父が亡くなり、地元へ戻ってきた妹尾《せのお》つむぎ。彼女は、祖父に代わり店を切り盛りしている青年・天海《あま》咲耶《みさくや》から、とある秘密を知らされる。それは、この写真館では、わずか10分だけだが、もうこの世にはいない大切な人と会え、そして一緒に記念撮影ができるということ。そんな夢みたいな話が事実だと知ったつむぎは、天海とともに、訪れる人々のこの奇跡の再会を手伝うようになる——

◎定価：本体640円＋税　◎ISBN 978-4-434-27883-9　◎illustration：pon-marsh

神様の学校
八百万《やおよろず》ご指南いたします
壱
弐
アルファポリス第2回キャラ文芸大賞
特別賞受賞作
先生は高校生男子、
生徒は八百万の神々!?
ある日、祖父母に連れていかれた神社で不思議な子供を目撃した高校生の翔平《しょうへい》。その後、彼は祖父から自分の家は一代ごとに神様にお仕えする家系で、目撃した子供は神の一柱だと聞かされる。しかも、次の代である翔平に今日をもって代替わりするつもりなのだとか……驚いて拒否する翔平だけれど、祖父も神様も聞いちゃくれず、まずは火の神である迦具土《かぐつち》の教育係を無理やり任されることに。ところがこの迦具土、色々と問題だらけで——!?
●各定価：本体640円＋税　●Illustration：伏見おもち
神様の学校
八百万ご指南いたします
浅井ことは
今度の生徒は
まさかの学問の神!?
祖父から神のお手伝い役を受け継いだ翔平。
ワケありな彼らに今日も四苦八苦!

この作品に対する皆様のご意見・ご感想をお待ちしております。

おハガキ・お手紙は以下の宛先にお送りください。

【宛先】

〒150-6008 東京都渋谷区恵比寿4-20-3 恵比寿ガーデンプレイスタワー 8F
(株) アルファポリス　書籍感想係

メールフォームでのご意見・ご感想は右のQRコードから、
あるいは以下のワードで検索をかけてください。

アルファポリス　書籍の感想　検索

ご感想はこちらから

アルファポリス文庫

嘘《うそ》つきたちの晩酌《ばんしゃく》

伊月千種（いつき ちぐさ）

2021年　1月31日初版発行

編集－羽藤瞳・塙綾子
編集長－太田鉄平
発行者－梶本雄介
発行所－株式会社アルファポリス
〒150-6008東京都渋谷区恵比寿4-20-3恵比寿ガーデンプレイスタワー8F
TEL 03-6277-1601（営業） 03-6277-1602（編集）
URL https://www.alphapolis.co.jp/
発売元－株式会社星雲社（共同出版社・流通責任出版社）
〒112-0005東京都文京区水道1-3-30
TEL 03-3868-3275
装丁イラスト－ジワタネホ
装丁デザイン－AFTERGLOW
印刷－中央精版印刷株式会社

価格はカバーに表示されてあります。

落丁乱丁の場合はアルファポリスまでご連絡ください。

送料は小社負担でお取り替えします。


ISBN978-4-434-28383-3 C0193